CASTIEL

El

DHAMPIRO

"No infrinjas las reglas"

Cecilia de Blas

Para Aitana, mi sensatez
Para Saúl, mi pasión
Para Lucía, mi corazón

5. Ieoshúa ha dicho:
Conoce lo que está enfrente de tu rostro y lo que se esconde de ti será revelado.
Pues no hay nada escondido que no será revelado, y nada encerrado que no será
revelado.

Evangelio de Santo Tomás

(...)

¡Ved! En una noche de gala, en los tardíos años desolados.
Una hueste de ángeles alados,
Envueltos en velos y ahogados en lágrimas,
Sentados en el teatro, para ver
Un drama de temores y esperanzas,
Mientras la orquesta balbucea
La música de las esferas.

El Gusano Vencedor.
The Conqueror Worm, Edgar Allan Poe.

Primera regla: Mantenerse alejado de la luz.
Segunda regla: No confiar en los vampiros y huir de los humanos.
Tercera regla: Ser frío como el hielo y jamás enamorarse.

"Los vampiros te destrozarán el corazón, los humanos el alma".

Capítulo 1

El frío gélido azota todo el territorio inglés.

El pequeño pueblo de Bakewell es uno de los lugares más afectados por este extraordinario clima. Se ha posado sobre el pueblo, nubes negras aferrándose a la tierra con garras invisibles.

El sol se ha disfrazado con el manto basto de la luna y se niega a cambiar.
El viento corta como cuchillas de afeitar.
Los copos de nieve punzan los ojos y queman la piel.
Las reses caen muertas sobre los adoquines y los pájaros gárgolas blancas vigilan pétreas desde los tejados.

Las viejas del lugar aseguran que un gran mal acecha.

Nieva, hiela. Nieva y hiela.

Una sombra lívida camina con paso lento colina arriba. Deja tras de sí una estela al igual que una estrella fugaz, a cada paso que da sueña que alguien detiene sus pies y se la lleva de allí; lejos, a un lugar cálido.
Vadeando el gran puente de piedra sobre la colina y al refugio del pueblo se halla la mansión de la señora Elona; matrona, enfermera e hija de la Madre Natura. La señora Elona es una mujer que ayuda a las parturientas a traer al mundo a sus bastardos. Es una mujer muy bella con cuerpo de joven dama aristócrata e inteligente como la misma naturaleza.

Algunas veces la bella Elona por un módico precio (y no siempre se trata de dinero) extrae de las entrañas de madres adolescentes bebés sin terminar de gestar. Otras veces cuida, da cobijo y alimenta a las parturientas hasta que dan a luz; a cambio, se queda con los bebés y los vende a parejas desafortunadas que visten refinadas ropas, cuyo porte elegante les otorga cierta seguridad y firmeza. Sin embargo, sus miradas temerosas les arrebata toda la confianza que traen en forma de coraza. Las transacciones son rápidas; sin afecto alguno el joven esposo le entrega a la bella Elona un paquete que saca de su saquillo con mano trémula y la joven madre ampara y arropa en su pecho con los ojos cubiertos de lágrimas una bolita de grasa llorona. Sin mediar palabra salen de la mansión sin volver la vista, como si nunca hubieran estado allí.

Pero no sólo a eso se dedica la bella Elona. Aunque la gente la tilde de bruja, ella ayuda a los desamparados con brebajes y ungüentos, aliviándoles sus males y es indiferente que sean físicos o emocionales. Ella los trata con respeto.

En su casa siempre anda entrando y saliendo gente, todo lo contrario de lo que se parlotea de una bruja.

Y aquí es donde voy a nacer, en una casa extraña arropado por el fuego de la chimenea de una bruja que se convertirá no sólo en una madre, sino en mi guía.

La bella matrona acomoda a mi madre en una extraña cama con correas de cuero donde descansan los brazos y las piernas.

Su posición es incómoda e incita a qué me revuelva en su vientre provocándole terribles dolores.

Elona le ofrece un brebaje humeante.

Mi madre emite unos siniestros alaridos.

—Tome esto —dice Elona mientras le extiende el bebedizo—. Le aliviará y le relajará para que no tenga sufrimiento, así no dañará al bebé.

—¿Está usted segura de que mi hijo no sufrirá? —Mi madre la mira con un gesto de dolor en el rostro y una sombra de desconfianza.

—Tranquilícese, beba.

Mi madre sostiene el aliento y se toma todo el brebaje sin apenas respirar. Tan pronto el cálido líquido inunda su garganta un sentimiento de agrado calma mi agotado cuerpo.

El parto se complica, mi madre no tiene las fuerzas suficientes para parir. Elona toma una decisión de urgencia.

Con un tono de voz sereno pero muy firme se pronuncia.

—Hay que abrirle las tripas y sacar al bebé lo antes posible, su hijo se asfixia. Tendré que sedarla. No se asuste, no le dolerá.

Mi madre se deja hacer. Tiene miedo, pero no dice nada mientras espera a que haga efecto la inyección que Elona le ha suministrado. Observa a través del cristal cómo los copos de nieve y las ramas secas se precipitan contra la ventana. Recuerda con tristeza aquellas tres noches de febrero, tan extrañas, donde una sombra masculina la sedujo entre agitadas pesadillas. Nunca le ha contado a nadie de sus sueños. Quién creería que su propio esposo volvió de la tumba para yacer con ella.

Cuando los ojos grandes y redondos de Elona se posan en mi torso sabe que soy diferente; mi piel es blanca como la nieve que cubre la aldea, mi cuerpo blando como la gelatina aguada pero resistente como el bambú, mis ojos rasgados con el iris de color gris, mi cabello grisáceo y mi boca dentada con unos afilados y diminutos colmillos alineados en dos filas; como una lamprea pero más agradable, sabe qué és lo que soy. Soy un *Dhampiro*. Sí, un dhampiro[1] y sabe que mi madre me abandonará en cuanto pueda ponerse en pie. No lo ha adivinado, ni se lo ha dicho, sus ojos al verme han escrito con horror lo que sus labios han callado.

Elona prepara en un cuenco de cerámica un poco de leche en polvo mezclada con su propia sangre y me lo ofrece sentada en una mecedora de aneas. Agarrado al biberón bebo con ansia mientras me acuna.

Ya han pasado ocho horas desde que nací. Es de día, aunque apenas se distingue la delgada línea que separa el suelo del cielo.

La bella Elona acompaña cortésmente a mi madre hasta el final de la pequeña cuesta que separa el camino de la mansión, mi joven madre avanza lenta pero inexorable, le castañean los dientes, le tiembla la comisura de los labios. Se aleja con paso de vieja mustia y cuerpo de niña.

Elona cierra la puerta, me coge en brazos, y mientras observa desde la ventana cómo mi madre se mezcla con la bruma y se convierte en un espectro, me susurra dulcemente.

—Bueno, Castiel, nos hemos quedado solos...

Desde aquel día no he vuelto a ver a mi madre.

Capítulo 2

Mis primeros años de vida han sido felices, siempre rodeado de gatos, palomas, sapos y ratones. Cobijado en los brazos de prostitutas y solteronas que llegan a casa de la señora Elona en busca de un príncipe Azul e instruyendo mi cuerpo y mi mente con hombres mutilados, soldados de poca fortuna como Lord William, que quedó amputado y sordo del oído izquierdo al estallar un cañón cerca de su posición en la batalla de Waterloo. Corteja sin mucha suerte a mi querida Elona, que remolonea sus halagos aunque creo que en el fondo le gustan. En realidad han pasado escasas cosas interesantes desde aquel día de invierno; lo único destacable es mi sed de sangre, de carne cruda y mis noches de insomnio cada vez más frecuentes.

Pasa un año, y otro, y otro más se suma a mi vida. Cumplo catorce años. Cada nuevo amanecer me invade un ligero desasosiego que se vuelve más intenso a medida que avanza el día. Últimamente vivo lleno de incertidumbre, me hago preguntas que nadie responde y necesito respuestas. Está creciendo en mí el deseo de descubrir qué hay bajo la colina y ese deseo se está convirtiendo en una obsesión. En mis noches de insomnio subo al tejado buscando la compañía de las estrellas y el beso flemático de la luna, percibo el olor que emana del cuerpo de los aldeanos, el aroma a hierro de su sangre y el sonido de su corazón. Sueño con saborear todos esos olores.

Elona es muy consciente de mis anhelos y no deja de repetir que antes de soltarme al mundo exterior debo de estar muy preparado. Controlar mis instintos y mis ansias de sangre.

---

[1] Los Dhampiro —también conocidos como Dhampir o Dhampyr— son una raza de vampiros provenientes de la mitología gitana. Son los hijos engendrados entre una mujer y un vampiro.

—No es sensato anticiparnos a tus necesidades y exigencias. No sabemos todavía si podrás pasar por un ser humano normal —Elona no pierde ocasión para aleccionarme cada vez que viene a despertarme—. Tendrás que ser paciente.

—Madre, ¿cuántas lunas tendré que ser paciente para que eso suceda?

—Unas cuantas… años quizás. Tienes que ser consciente. Eres una bomba de relojería, ¡no se te puede dejar suelto por el pueblo así tan fácil! Has de concentrarte mucho para parecer normal y eso lleva práctica, trabajo y consagrarte a un sólo fin, sin distracciones.

Debo reconocer que todos estos problemas me causan muchas preocupaciones. No soporto el olor a bebé y mucho menos el olor a virgen, siempre que aparece por la casa alguien con la sangre inmaculada termino encerrado en mi habitación bajo llave y con la supervisión de Lord William.

Las noches que son verdaderamente difíciles la única que puede calmarme es Elona. Sólo ella es capaz de apaciguar el monstruo que llevo dentro. Me sana cuando el sol me quema la piel, prepara unos ungüentos que me alivian y refrescan pero mi mayor preocupación es la caída de la noche, sobre todo cuando la luna se alza con todo su esplendor. El palpitar de la aldea penetra por todo mi cuerpo, me cubro con las manos fuertemente los oídos pero se halla dentro de mí, lo siento resonar por todo mi cuerpo y me impide conciliar el sueño, lo que me provoca locura por la noche y letargo durante el día. Lo peor no es ser insomne ni parecer un zombie pululando por los pasillos, lo peor es que paulatinamente me voy transformando en un vampiro, un inválido, un enfermo de por vida. Pero he de admitir que también tengo alguna que otra compensación agradable. Para acallar mis alaridos, Elona pasa la noche en mi habitación, entona unas canciones hipnóticas y las acompaña con un brebaje caliente. Pasamos la noche entera abrazados, con mi cabeza apoyada sobre su pecho. A veces, sólo en días muy especiales, con un bisturí que utiliza para sus servicios de matrona se hace un corte sobre su seno diestro, me deja lamer de su sangre y como un bebé agarrado al pecho de su madre saboreo de su teta provenzal.

¡Llega la hora, llega el momento!

Llega el día en que cumplo dieciséis años. Elona acepta por fin llevarme a conocer la aldea, hace tanto tiempo que se lo pido que no logro creerlo del todo.

—¡Su afirmación es real! —les grito a todos en casa.

Intento disuadir el miedo que me provoca lo desconocido. Estoy tan nervioso que me cuesta respirar y concentrarme en parecer normal. Antes de salir a la aventura Elona me exige que la acompañe al sótano, lo cual es extraño porque no me deja nunca merodear por su lugar de trabajo y por primera vez puedo ver las hierbas aromáticas secándose colgadas de las vigas y las estanterías repletas de tarros cada uno con su etiqueta. Algunas fechas datan de 1600 d.C. a 1800 d.C. Hay tarros en los que en su interior flotan en alcohol fetos de mamíferos pequeños, reptiles y arácnidos. Otros tienen colores tan llamativos que provocan unas ganas incontrolables de beberse todo su contenido; hay varias mesas llenas de piedras preciosas y minerales, por cualquier parte hay libros y libros. En un atril, un libro llama poderosamente mi atención. Voy hacia él, pero antes de poder echarle una ojeada Elona trunca mi curiosidad.

—¡No, Castiel! No lo toques. No lo mires.

—¿Por qué me traes aquí? —Mi voz se quiebra, carraspeo e intento imitar el tono de voz grave que tiene lord William— Nunca me dejas preguntar siquiera por este lugar...

—Tengo que enseñarte una cosa importante. Hoy es tú cumpleaños y ya eres todo un hombrecito, es hora de que sepas cómo protegerte en caso necesario.

—¿Me vas a enseñar el santo grial?

—Por lo menos te enseñaré a mantener el tipo. Y que no termines comiéndote a alguien.

De un cajón coge un botellín y en su interior un líquido oscuro provoca en mí un escalofrío.

—¿De quién es esa sangre? —Mi voz se quiebra. Toda mi seguridad, al traste.
—De tu verdadera madre.

Un silencio invade no sólo el sótano, sino toda la mansión. Podría decirse que un halo de niebla ha dejado mudos y sordos a todos.

—"Mi madre" —logro susurrar.
—Mientras tu madre descansaba de tu nacimiento, logré sacarle del cordón umbilical la suficiente sangre para calmar esa ponzoña que recorre tus venas. Es poco lo que necesitas, no la malgastes. Su propósito es salvarte la vida, no hacerte un yonqui chupasangre.

—Comprendo, la guardaré bien. Puedes confiar en mí.

Pensar que la sangre de mi madre es la que me mantiene humano me ha afectado tanto que mientras vadeamos el puente mi corazón no se da cuenta de lo cerca que se halla la mansión del pueblo. Desde la ventana de mi habitación se vislumbra tan lejana... En cambio, en cuanto Bakewell se muestra ante mis ojos una excitación invade mi cuerpo como una corriente eléctrica. Me siento un mercenario, dispuesto a arrasar con todo y con todos. El olor a res y labriego me deleita y me asusta. Cogido de la mano de Elona la llevo a rastras hasta una plaza adornada por una fuente circular con tres grandes chorros de agua fluyendo por unos tubos de hierro. Dejo que todos los aromas que emanan de la aldea fluyan por mi cuerpo. Sin previo aviso, las campanas de la iglesia dan las nueve; es un sonido conocido, pero aquí abajo es estruendoso para mis oídos.

Atravesamos la plaza y una música triste llena de melancolía y con un alto sentido erótico me atrae, me produce sensaciones que no conocía.

Elona trata de entender mis sentimientos e intenta empatizar con la situación.

—Es una voz muy dulce, ¿verdad? —me explica—. Viene de la cantina. Está llena de sentimiento, debo reconocer que es preciosa.

Desde el interior de la cantina llega una voz casi divina. El sonido más hermoso que haya existido atraviesa la calle. Pero para mi sorpresa no todo termina ahí, en una voz; al traspasar el umbral de la cantina mis ojos sólo ven a una muchacha pequeñita graciosa, bellísima. Siento el florecer de la primavera en mi cuerpo lacerante y exultante.

Nunca había visto a una mujer similar; su larga melena lacia y negra encuadra su rostro, su nariz chata y minúscula trae consigo el exótico de los indígenas del Sur de América y, para perfeccionar aún más su cara, unos ojos castaños rasgados brillan con intensidad, con tal intensidad que si no fuera de noche diría que el sol le ha robado el turno a la luna. Baila en equilibrio sobre la punta de los dedos desnudos de sus pies. Da vueltas y vueltas como… ¡como una alevilla maravillosa!

"¡Alto! Me enfrentaré a la muerte
¡Alto! Alzaré los brazos
¡Alto! Lloraré lágrimas de sangre
¡Alto!"

Su olor es tan dulce que me seca la garganta y hace arder mis entrañas.
Elona me está mirando con una mueca de desagrado. Rotunda, me hace gestos que no entiendo. La veo tan cómica…

"No temo la muerte
No temo el infierno
Sólo temo no poder conocerte"

Me aproximo. Parece que he ido flotando hasta los pies del escenario. Nuestras miradas conectan por una fuerza invisible, una corriente eléctrica; no, magnética. Nos miramos tan intensamente que se desorienta y cae al suelo. Se lastima y por su frente desciende una hebra fina de sangre, su olor nubla mi razón, mi mandíbula retumba en el local, mis dientes muerden el aire. Un camarero la agarra del brazo. Parece ayudarla. No es así; la fuerza a levantarse. Intento concentrarme, mantener la compostura. Quiero disculparme pero no puedo, mi demonio es ahora quien me domina. Todos creen que me he vuelto loco. Elona intenta calmarme, dos hombres que parecen gigantes me levantan del suelo con una facilidad inusitada y me empujan hasta la salida. En la calle, tumbado sobre los adoquines, Elona consigue que caiga dentro de mi garganta unas gotas de sangre. Mi corazón sigue descontrolado, me cuesta respirar, el aire se hace denso.
«¿Qué tiene esa chica? ¿Por qué me provoca este sentimiento?»
Cierro los ojos y su rostro aparece ante mí; parece tan real. Mantengo la respiración y lentamente mis pupilas vuelven a su estado natural. Abro los ojos y ahí está, frente a mí. Quiero hablar. No, primero quiero besar esos carnosos labios rojos. No, tengo ganas de lanzarme a ese cuerpo tan diminuto y devorarlo.

—No sabía que un chico tan menudo tuviera tanta fuerza —pronuncia sonriendo.
—Soy un espécimen raro —Mi voz vuelve a tener ese timbre quebradizo.
—¿Eres un extraterrestre? —Me mira fijamente, parece que vea el interior de mi cabeza.
—Podría decirse que sí.
—Bueno, extraterrestre, en ese caso tendré que ponerme en guardia antes de ser abducida por tu nave —Sonríe.
—Tal vez sea yo quien deba ponerse a salvo de esos labios. Pueden ser peligrosos para mí. Podrían causarme la muerte.
—Igual morimos los dos.

El tiempo se detiene, o eso es lo que siento. Sus labios están tan cerca que puedo saborear su respiración. Su lengua acaricia la comisura de mis labios y entonces sucede, mi corazón se desboca mucho más que en la noche más agitada que haya vivido. Siento el olor a hierro de su sangre ahogándome, el pulso de su corazón resuena en mis tímpanos. Presiono fuertemente las manos contra los oídos pero suena dentro de mí, es dolorosamente insoportable, pero a la vez lo deseo más que cualquier elixir mágico que Elona pueda darme. Intenta sosegarme simulando que estoy sufriendo un ataque epiléptico, y parece funcionar. Quisiera ser un aguerrido caballero y en su lugar parezco el bufón de la corte; espero que la pequeña alevilla no se haya asustado demasiado como para no querer saber nada más de mí. Elona aparta a mi dulce y delicada muchacha con unos movimientos bruscos, nada cortés en ella.

—¡Nos vamos de aquí! —grita. Pero no es un grito tenso, más parece una actriz de tragicomedia— ¡Nos vamos a casa ahora mismo! ¡Asustas a todos! ¡A todo el mundo! ¡Qué van a pensar de nosotros!

Estoy avergonzado por todo lo sucedido, pero aún así soy feliz, una felicidad que nunca antes había experimentado. Si esto es el amor, no hay ninguna duda; hoy lo he descubierto y saboreado.

Después de pasar todo el día entre sueños donde una alevilla gigante con el rostro de la joven más dulce del mundo me eleva hasta la luna, me posa en su regazo, y con movimientos sinuosos muestra la belleza de su cuerpo desnudo, Elona tiene preparado uno de sus brebajes humeantes. Está exhausta, y su gesto es severo.

—Quiero que sepas que no te culpo por lo ocurrido anoche en el pueblo. Tu concentración debe ser exhaustiva y concienzuda, y mucho me temo que no estás preparado. No puede volver a suceder algo parecido porque no siempre van a creer que tienes una enfermedad. Cuando has visto a esa chica te has descontrolado de tal manera que afirma lo que sospechaba; no sientes el amor como un ser humano, tu lado dhampiro se apodera de ti y no sólo te haces daño tú, sino que también podrías dañar o incluso matar a aquella a la que ames.
—¡Oh, madre! El amor es maravilloso. Sublime. Dolorosamente sublime.
—¡No me estás escuchando! Te parece muy divertido, pero no lo es. Es muy serio. Algún día quizás tengas que lamentar las delicias y el placer que causa el amor. Conocerás la rabia que provoca la inseguridad de los celos, el odio del ser humano. Y los vampiros se portan peor, tienen leyes muy estrictas en relación al amor con los seres que poseen pulso... si alguna vez te topas con alguno. Eres el primer Dhampiro que he visto en veinte años.
—¿Hay más como yo?

Elona nunca antes se había atrevido hablar de los vampiros.

—Sí, pero nunca acaban bien. Así que no me culpes por mis intentos para que sea diferente contigo.

Para calmar un poco los ánimos me bebo todo de un sólo trago. Sonríe, pero es una sonrisa triste, como si ella conociera o hubiera vivido todas esas emociones.

Capítulo 3

Las palabras que pronunció en la canción la pequeña alevilla poseen cierto halo de misterio.

Desde el mismo momento en que mis instintos la descubrieron me siento agitado e inquieto. Guardo en la memoria cada recuerdo como si fuera único. El tesoro más valioso; su melena de ébano, sus ojos rasgados, profundos y esos labios rojos como la sangre llenan mis segundos, mis horas, mis días y mis noches. Sólo puedo pensar en encontrarla. Saborear esas sensaciones como cuando de niño me lanzaba colina abajo y rodaba dirección al arroyo para terminar empapado en agua, y la adrenalina me embargaba al ver que había llegado ileso. ¿Pero me arriesgo a que vean mi verdadera naturaleza? ¿A que me apresen como a una bestia y que exhiban mi cabeza como trofeo en la cantina sólo por un beso? ¿O a tener que devorar a algún aldeano para no dañarla? ¿Corro peligro de muerte? Quizás sí, seguramente sí. Pero si no vuelvo a verla también moriré así que, ¿qué importa mi vida si voy a morir igualmente?

Ahora sin quererlo comprendo los sentimientos de Elona y su insistencia para protegerme.

Desde hace un largo periodo de tiempo la pequeña alevilla me visita en sueños, aunque más bien terminan siendo escabrosas pesadillas. Siempre los mismos sueños, siempre la misma sensación de ahogo.

"Escondidos entre los árboles una horda de campesinos nos acecha con hoces y antorchas; nos encuentran, nos atrapan, somos arrastrados hasta una hoguera, nos lanzan hacia las llamas como dos troncos secos; donde ardemos entre gritos y alaridos. Pasa a otra noche; otra pesadilla. Estamos ocultos entre los árboles. Chasquidos de hojas secas, pasos y gritos, nos atrapan, somos ahorcados en los mismos árboles que nos han servido de refugio, otra noche que no logramos escapar. Otra noche más nos apresan, a empujones caemos en una fosa profunda en la que nos entierran vivos. No importa el empeño que le pongamos; siempre es el mismo destino, el mismo final".

Deseo... No, es más, necesito encontrarla cueste lo que cueste.

Debo volver a verla. Debo averiguar quién es. Porque lo único que sé por ahora es que baila como una alevilla y que su voz hipnótica es capaz de derrotar al ejército más imperturbable.

Aprovecho cualquier momento del día para preguntar por la pequeña alevilla a todos los que atraviesan las puertas de la mansión, pero nadie sabe nada o nadie quiere saber nada o contarme nada.

Hoy regresa de Londres lord William y no pierdo el tiempo para preguntarle si sabe algo de ella.

—¡Sí! —responde con una sonrisa maliciosa— La pequeña joven que vino con su padre de lo profundo de la selva. La vi una noche, y he de reconocer que deja una huella imborrable, hace mucho tiempo que no la he vuelto a ver ni he oído nada de ella. Igual Marianette o Girona saben más, trabajaron con ella durante un tiempo.

«¡Oh, Marianette y Girona! Las bailarinas del amor. Pero se niegan a decirme nada, en el mismo momento en que mis labios intentan hablar de mi pequeña alevilla, enseguida cambian de conversación».

Marianette y Girona son dos jóvenes cubiertas con el pellejo de viejas prostitutas, desprenden un olor a pachulí y a opio que les proporciona una aureola luminosa y las acompaña como si fuera la estela de una estrella fugaz que los hombres persiguen como los reyes del oriente perseguían su estrella.

En mi mente ideo un plan diabólico para sonsacarles la información que necesito, y qué mejor manera que preguntando acerca de lo que más saben en esta vida, el insólito juego del amor.

—Mi precioso querubín —Su acento francés embelesa a cualquiera, me siento hipnotizado cuando habla pero me mantengo firme—. El amor es un amigo déspota y cruel. Sólo si tienes el corazón frío y una mente perversa podrás disfrutar plenamente de sus placeres, ¿verdad, Girona?

—Cierto, Marianette. Aunque del amor romántico sabemos más bien poco, nosotras tenemos la mala fortuna de enamorarnos de los hombres que nos agasajan con palabras dulces y nos llenan las manos de presentes.

—Pero en cuanto sacan de nosotras lo que quieren, si te he visto, no me acuerdo. Una calamidad, ¿verdad, Girona?

—Así es, Marianette. ¿Sabes, Castiel? —La voz aguda de Girona se torna seria y un ápice de maldad brilla en sus ojos— Siempre sacamos algo más que un simple dolor de nalgas o unas mejillas amoratadas. Cuando algún cliente muere entre nuestros muslos calientes, todo su dinero o buena parte de él pasa a ser nuestro sin que sus familias se den cuenta de ello; al final, siempre se enteran y comienzan las ofensivas, lo que provoca que en más de una ocasión tengamos que refugiarnos aquí.

-Tu madre siempre nos acoge con los brazos abiertos, e incluso, intercede por nosotras.., Nos salva la vida.

-No se que haríamos sin ella.

Ambas se miran, no dicen nada más pero una sensación amarga y triste invade el salón. Sin embargo; el brillo de sus ojos y la sonrisa tierna que me muestran crea una fe ciega en lo inalcanzable.

Ese día, sabiendo que Elona está en el bosque buscando hierbas aromáticas y medicinales, me convierto en un inquisidor en busca de los mil nombres del diablo.

Transformo mi rostro; una mirada sombría, labios contraídos y mandíbula desencajada me convierten en el perfecto inquisidor. Me introduzco en mi personaje y me centro en mi papel.

—Marianette, ¿trabajas desde los doce años en la cantina y conociste a Girona dos años después?

—Sí —me responde, con los músculos rígidos.

—Ambas sois capaces de descubrir los secretos más profundos del ser más hostil. Entonces, explicadme... ¿Cómo es posible que no sepáis nada de la mujercita más deslumbrante del mundo?

—¡Ya basta! Está bien, pero que Elona no se entere de que te lo hemos dicho. Tu pequeña alevilla ya no trabaja en la cantina, se tuvo que marchar hace ya más de tres meses.

—¿Por qué, qué ha pasado? —Siento que mis sueños se desmoronan.

—En realidad, no lo sabemos. O no le importa a nadie, o es un secreto demasiado terrible como para ir contándolo por ahí.

A pesar de las malas noticias estoy tan hinchado de felicidad por saber que es real que aúllo durante todo el día "¡lo tengo, lo tengo!" ¿Y qué es lo que tengo? Ya estoy más cerca de la pequeña alevilla. Necesito bajar al pueblo y buscar un trabajo. Mejor aún, tengo que buscar un trabajo en la cantina. Para empezar, he de convencer a Elona. No será fácil, pero he de intentarlo.

Sentados ante una taza de té.

—Madre —hablo con voz grave, e intento dominar mi felicidad—, tengo que darle una gran noticia... He decidido trabajar en la cantina.

—¿Trabajar? ¡Te has vuelto loco! Y en la cantina, nada menos. No estás en tu sano juicio... ¿No recuerdas lo que pasó la última vez?

—Por eso mismo. Tengo que aprender a ser normal, y encerrado aquí y bajo la protección de tus faldas no aprenderé nunca.

—Hago lo posible por mantenerte con vida.

—Quiero vivir.

—Morir, dirás.

—Quiero ser un hombre de provecho.

—¿Y perecer en el intento?

—Si así debe ser, no puedo hacer nada en contra del destino.

—Está bien, está bien. No seré yo quien desafíe al destino.

—¿Es una broma? Siempre estás desafiando al destino.

—Por eso mismo lo digo. Sé de qué estoy hablando.

—Sé que es algo muy duro para ti, madre. Te prometo que haré lo imposible por mantenerme con vida y ser feliz.

Llega la noche esperada, pero antes de salir y bajo las órdenes de Elona de ser acompañado por Lord William, Marianette y Girona, me disfrazo de nuevo de ser humano. Me escondo en el bolsillo interior del blazer un par de botellines de la sangre de mi madre. Bajamos la colina con paso tranquilo y silencioso. El silencio sólo es roto por alguna risa maliciosa entre William y las chicas. Aún no hemos llegado a la puerta de la cantina cuando unos hombres ya esperan a Marianette y Girona. Después de darme un beso cada una, se marchan con sus acompañantes y con risas sonoras se carcajean de las estúpidas bromas que les cuentan a modo de secreto acercando a sus oídos sus bocas pegajosas. Odio esas bocas vacías de dientes, y con buena gana extirpaba de cuajo esas manos incesantes sobre los pechos y nalgas de mis amadas doncellas.

William me dice que espere un poco a que me allane el camino; él hablará con el dueño para asegurarse el trabajo. Después de diez minutos de espera, me avisa de que ya está el trato hecho, trabajaré de camarero cuatro noches a la semana. Creo que no es el momento, pero tengo ganas de aullar de la emoción. Paseo por el local escrutando cada rostro de mujer con la ilusión de encontrar a la pequeña alevilla. Sé que no está, pero mi imaginación es más fuerte que la realidad. De la misma forma, todos me observan y murmuran entre sí. Elona tiene razón, cada pulso martillea mi cabeza, va a ser muy difícil estar aquí. Pregunto en cada mesa si conocen a la niña que vino de la selva. Nadie responde, parece que nadie sabe quién es.

¿Le habrá pasado algo? ¿Será cierta la historia de su huida? Voy a tener que indagar más...

Entrada la noche y después de servir copiosas cenas y más de dos docenas de jarras de vino, bajo a la bodega a por unas botellas más cuando uno de los camareros me sigue. Es un tipo peculiar, creo que lo conozco pero no logro recordar de qué. Tiene una mirada oscura penetrante que hiela. Es delgado y sus movimientos son ásperos, como si fuese un árbol muerto zarandeado por el viento. Su pelo es singular, parece un grajo desplumado, algunos mechones son largos y otros cortos.

—¡Eh! Tú, enclenque, ¿por qué haces tantas preguntas sobre una niña que vino de la selva? —Su voz resuena en la cueva cual voz de ultratumba.
—Yo... la vi hace mucho tiempo y quería saber si se encontraba bien. Y disculparme con ella —Creo que me vuelvo minúsculo a cada palabra que pronuncio.
—Ella no quiere saber nada de nadie, y nadie osa preguntar. Nadie sabe nada y a nadie le importa saber nada de su vida, ni siquiera a un enclenque como tú. ¿Has entendido, piojo?

Quiero gritarle, lanzarme a su cuello y arrancarle la cabeza, pero he de ser frío y contenerme. Si habla así es porque sabe dónde está. Miro sus pies, me concentro en sus zapatos largos y puntiagudos.
Me empuja hacia la pared y de mi bolsillo se escucha el sonido del cristal chocando entre sí. El camarero curva su armazón de mantis religiosa, hurga en mis bolsillos internos y logra sacarme dos de los botellines que tengo guardados. Vuelve a erguirse.

—¿Estas enfermo?
—Sí.
—¿Podrías decir que estás enfermo de amor?
—Sí, podría.
 ¿Dirías que estás enfermo de amor por Nicteel?
«Mi ángel, mi pequeña alevilla se llama Nicteel».
—¡Sí, dicho sea! Estoy enfermo de amor por Nicteel.

Los profundos ojos del camarero se iluminan de ira.

—La pequeña alevilla, como tú la llamas, es el amor de mi vida, y nadie puede negar que ella sentía también algo por mí, así que como vuelvas a preguntar por ella o simplemente a pensar en ella te incrusto tu medicina en el corazón. Te destrozaré el corazón de tal manera que no sabrás nunca qué se siente al amar.

La ira le produce un temblor en sus huesudos y largos dedos. Se le resbalan los botellines, que caen al suelo. Uno cae sobre mi zapato y no se rompe; en cambio, el otro botellín se estrella contra el suelo salpicando los pantalones del camarero de sangre.

—¡Pero qué es esto! —grita encolerizado.

Hace apenas unas horas me sentía el rey del universo, capaz de derrotar mil ejércitos con la esperanza que provoca el amor. Sin embargo, el camarero con un par de frases ha convertido a un mercenario aguerrido en un hombre derrotado y herido.

De una sola bofetada me ha devuelto a la realidad.

Antón, el viejo dueño de la cantina, baja despacio y firme las escaleras de la bodega. Grita el nombre del camarero.

—¡Tarkovsky! ¡Tarkovsky!

Está enfadado porque falta vino en la mesa de sus clientes.

Me he salvado, por el momento.

Ahora sé que no descansaré hasta encontrar a mi amada Nicteel, y sé quién me va a ayudar aunque me tenga que meter en la boca del lobo y me embuche.

La noche a partir de ahí ha sido mucho más dura, pero por lo menos los clientes de la cantina no se quejan ya de mis incesantes preguntas. Al amanecer subo con dificultad la colina, se hace más empinada a cada paso. Creo que no voy a llegar nunca, se alzará el sol y me calcinaré como un mal pavo en navidad.

Esa tarde Elona intenta calmarme, se hace un corte algo más profundo de lo habitual, me hipnotiza y consigo hablarle del camarero. Me ha costado mucho pronunciar su nombre, Tarkovsky. Sólo recordarlo me produce arcadas. Ella alega que el amor vuelve perverso y cruel a aquél que lo trata mal. Que quizás no sea tan mezquino y cruel como quiere aparentar. Su indulgencia me exaspera, aparto mi boca de su pecho, me limpio con la manga del pijama los restos de sangre que me resbala por la comisura de los labios, me doy la vuelta e insto a mi madre a que cierre todas las ventanas y me deje dormir.

Capítulo 4

Ha pasado un año y Tarkovsky se pega a mi espalda cada noche. Me siento como una mosca atrapada en una tela de araña, asestándome golpes constantemente, e incluso delante de la clientela tengo ganas de arrancarle esas alas de grajo que tiene por cabellera y sorber toda su sangre para después escupirla sobre su cuerpo marchito. Pero soporto todas sus burlas y sus ataques con humildad, en un año me he ganado el cariño de todos los aldeanos de la misma forma que ha ido creciendo el odio de Tarkovsky sobre mí. Aun así no consigo saber nada de mi amada Nicteel.

Hoy, en la última cena de la noche y barriendo el suelo, una mancha oscura cerca del escenario me trae el recuerdo fresco de mi pequeña amada. Me olvido del camarero, de la cantina, de todo, el recuerdo me eleva, siento el espíritu de mi amada recorriendo mi cuerpo, un manto de niebla me envuelve, se convierte en fuego y ambos ardemos en un baile erótico.

Un súbito ruido de platos rotos me trae de vuelta a la realidad, el camarero ha tirado toda la bandeja de cubiertos delante de mis pies.

Insiste al viejo Antón que he sido yo quien le ha empujado. El viejo me obliga a recogerlo todo y hoy como castigo me quedaré a cerrar las puertas.

Pulsiones de rencor y venganza recorren mis venas, el fuego sigue ardiendo en mi cuerpo, pero las esperanzas se van disipando.

Tarkovsky se ceba conmigo cada vez que la angustia por no estar con Nicteel se apodera de él.

Intento mantener vivo su recuerdo, pero el tiempo hace bien su trabajo y cada vez es más difícil recordar sus labios rojos o su voz.

Elona hace lo posible por hacerme feliz, pero no quiere que le hable de mis pensamientos ni de mis sentimientos sobre la pequeña Nicteel.

Pasa otro año y otro cumpleaños se añade a mi cuerpo, pero no a mi dhampiro. Marianette y Girona entran en mi cuarto a mediodía despertándome con sus estridentes cantos de cumpleaños. Esta vez me regalan una gran corona de flores cuya leyenda "siempre te recordaremos" reluce en una cinta roja. La cuelgan de la pared junto a las demás coronas ya secas y después se acomodan junto a mi cama. Girona comienza una historia; un cuento infantil con ciertos toques de realidad.

—"En una pequeña aldea de lo más profundo de la selva de Lacandona, una vieja chamana avariciosa y vanidosa rige la comarca con mano de hierro. Todo lo hace para y por su beneficio. Hace muchos siglos atrás, en una zona muy remota de la selva, se encontró con Yum Kimil[2]. A cambio de servirle y rendirle culto, Yum Kimil le concedería todo y cuanto desease; a cambio, sólo tendría que alimentarle. «Una doncella casta será quien apacigüe mi sed, será elegida desde su concepción cada cien años y será arrojada desde el lugar erigido por la boca del Inframundo». Eso le dijo Yum Kimil a la vieja, que a partir de ese día se hizo llamar Yohualticitl, que significa "mujer de la noche". Y su poder se hizo infinito desde entonces".

La historia me anima de tal manera que vuelvo a sentirme un mercenario en busca de su misión de rescate.

Han pasado dos años desde la primera vez que vi a la pequeña Nicteel. Mi búsqueda ha sido tan infructuosa que me llena el alma de desasosiego. La historia que me ha contado Girona me ha dado las fuerzas suficientes para ir en busca de mi amada, y el único que me puede ayudar es Tarkovsky. Él sabe adónde debo dirigirme. Voy decidido hacia él, pero antes de darme tiempo a gesticular palabra se abalanza sobre mí, me agarra de la solapa del abrigo y me levanta levemente del suelo. Mi ira se desborda pero no logro zafarme de sus brazos de árbol muerto, soy un títere bajo su poder. Él se jacta de su fuerza, y en ese momento algo dentro de mí estalla; los recuerdos, la rabia contenida, las humillaciones, el desasosiego... Todo se unifica como una bola de energía a punto de estallar.

—¿Dónde está? ¿Adónde fue? ¡Esté donde esté la encontraré, con o sin tu ayuda! ¡Hoy mismo me voy en su busca!

Tarkovsky me tira al suelo y a patadas consigue darme la vuelta. Con el pie sobre mi espalda me inmoviliza, me transformo en el animal que soy, mi cuerpo convulsiona y unos espasmos musculares agitan mi cuerpo. Tarkovsky se siente vencedor.

—¿Cómo te atreves a desafiarme? ¿Crees que te dejaré marchar? ¡Estás loco!
—¡Sí, me marcho!

Mis ojos se oscurecen, babeo como un perro rabioso y mis dientes rasgan las encías. Sobresalen unos dientes afilados, a pesar del maquillaje que llevo la sangre que corre por mis venas se vislumbra negra. Tarkovsky, atónito, observa mi

---

Ah Cimih, también conocido como Kizin ("El Apestoso"), Yum-Kimil o Hun Ahau, en la mitología maya es el dios y rey de Mtnal, el inframundo. Descrito como un esqueleto o cadáver con un rostro de jaguar (o búho) adornado con campanas.

transformación sin hacer un solo movimiento. Me pongo en pie, doy un par de pasos torpes hacia él y lo agarro por la nuca. Precipito su cabeza contra la pared, siento bajo mi piel el crujido de su cráneo, le asesto un golpe y luego otro y otro más fuerte y violento. La sangre brota por sus fosas nasales, por la comisura de los labios, por los oídos y por una de sus cejas. El olor a sangre nubla del todo mi razón y le lamo el rostro, no puedo detenerme ahí, debo seguir lamiendo, su carne se vuelve irresistible y le muerdo la mejilla. Comienzan a aparecer los primeros gritos.

El tiempo se detiene.

Me detengo a saborear a mi presa. Tarkovsky cae al suelo y grita como un cerdo en día de matanza.

Me siento henchido de felicidad.

Se hace el silencio. Un silencio sepulcral.

Mi cuerpo arde, Tarkovsky ya no grita, no se mueve.

La realidad me acecha, me vuelvo humano, me asusto.

La sangre de Tarkovsky ya no me es deliciosa. No me satisface. Lo veo tumbado en el suelo, ahora parece tan frágil...

Miro los ojos aterrados de cuantos se han atrevido a venir.

Emprendo la huida, atravieso la plaza con la impresión de que me persiguen los aldeanos como en mis pesadillas. Mientras huyo repaso la aterradora escena una y otra vez, horrorizado de mis actos. Corro por la colina llamando a Elona. Me rasgo los brazos al estamparme contra el suelo, la adrenalina me da energías para ponerme de nuevo en pie y continuar corriendo. Creo oír los gritos de Tarkovsky convirtiéndose en un monstruoso animal dentro de mi cabeza; sólo oigo alaridos y después aullidos.

Pienso tan fuerte en Elona que parece que me haya escuchado, y aparece agitada por la puerta de casa. Corre colina abajo y al alcanzarme me desmayo en sus brazos. Entre la inconsciencia la escucho gritar pidiendo ayuda.

Despierto cobijado entre las sábanas de mi cama, me preparo mentalmente para recibir un castigo de proporciones épicas. En cambio, Elona no está excitada, no al menos en forma de enfado, más bien diría que está inquieta. Un gran desastre se avecina.

La casa está más silenciosa que de costumbre.

Alguien aporrea la puerta, bajamos las escaleras lentamente mientras preguntamos quién osa venir a tan altas horas de la noche a casa. Lord William, con voz entrecortada, se pronuncia. Está sin aliento, entra hasta la cocina, se sirve un poco de licor y después de coger aliento pronuncia con más calma pero con el mismo timbre nervioso en la voz.

—Se han reunido en la plaza, son una docena de hombres. Vienen acompañados de la policía.

—¡Vienen a por mí! ¡Vienen a por mí! —grito desesperado.

Me doy cuenta de que ahora sí he de irme, y que aunque la fortuna me lleve hasta mi alevilla Nicteel nunca podré volver a ver a mi familia, que ha dado tanto para que sea feliz. No volveré a ver la luna desde el tejado ni volveré a despertar con los cantos guturales de Marianette y Girona.

—Te he buscado un carruaje y un amigo te guiará hasta Londres. Desde allí cogerás el tren, después el destino lo eliges tú.

Lord William es metódico, me hace sentir seguro.

—Mientras tanto, intentaré retenerlos todo lo que pueda.

Se sienta en la hamaca del porche con una escopeta en su regazo. Su rostro es severo y todos sus músculos se tensan.

—Voy a prepararte una bolsa, necesitarás algo de dinero y algunos objetos personales —Elona habla tranquila y pausadamente. Me siento como si fuera todavía un niño y me preparase para ir de excursión al bosque.
—Pero, ¿qué les dirás?
—Que no has venido a casa, que estás en la cantina como cada jueves. Dentro de tres días diré que te han encontrado muerto en el río y te haré una ofrenda en la parte trasera de la casa.
—¿Y si abren la tumba para ver si es verdad?
—Nadie hurga en las tumbas de las brujas, algo bueno tiene que tener ser considerada una de ellas. Nadie se atreve a jugar con nuestras cosas, y mucho menos a entrar en nuestro territorio.

Elona mete en una caja de madera unos diez botellines y los envuelve entre la ropa.

—Con esto tendrás suficiente hasta que encuentres algún boticario de confianza. Cuando te instales mándame una postal con el nombre de María. Acuérdate: María. Quiero saber que estás bien.
—No te preocupes tanto por mí, soy ya un dhampiro adulto.
—¡Anda, no hagas que me preocupe aún más!
—Te quiero… mucho. Más de lo que se puede querer a nadie.
—Lo sé.

Elona se enjuga las lágrimas con su elegancia de siempre. La admiro una última vez antes de salir por la puerta trasera de la casa. «Su belleza resplandece incluso en los momentos más tristes». El frío atraviesa mi cuerpo y se instala en mis huesos.
Cuando me dirijo a subir en el carruaje, un escalofrío me recorre la columna vertebral. Miro al cochero, mi asombro me paraliza unos segundos, el cochero es idéntico a mí, su físico es algo más grotesco; una sonrisa terrorífica reluce a la luz que dan las antorchas del carro, su boca está cubierta de dientes desiguales pero afilados como caninos, sus ojos brillan con un tono rojo intenso.

—Caballero, acomode su equipaje y agárrese fuerte. Partimos.

El sonido de un látigo y unos cascos rompen el silencio de la noche. Tan sólo la luna nos da alcance.

Respiro profundamente y cierro los ojos.
Duermo mecido por el movimiento repetitivo del carruaje, sueño con mi madre Elona, con Marianette y Girona, con lord William.

"Estoy en casa escuchando música, mecido por las caderas de Girona, que me enseña a bailar".

Un parón seco me despierta.

—Hemos llegado, caballero.

El extraño cochero me ayuda a bajar el equipaje.

—Gracias, señor... —Siento el miedo recorrer cada palabra.
—Armand.
—Gracias, señor Armand. Me ha sido de gran ayuda.
—No se preocupe, señor Castiel. Soy amigo de Lord William. Estará a salvo conmigo, no se preocupe, le acompañaré hasta que tome el tren en Londres. Puede tratarme como a un amigo, caballero.
—Gracias, señor Armand, no sabe cuánto se lo agradezco.
—Es un placer.

Mientras viajamos camino de Londres, Armand me cuenta cómo conoció a lord William en la batalla de Waterloo y cómo le salvó la vida. Ahora entiendo como Lord William sólo perdió la oreja y la audición y no la vida. En su compañía me siento más seguro, más tranquilo.

Capítulo 5

Tengo tanto miedo como euforia al comienzo de esta huida y aventura.
El miedo me provoca una reacción involuntaria en mis dientes de vampiro, que me rasgan las encías y me obligan a taparme el rostro con una bufanda.
Después de escuchar durante ocho horas el repicar del tren sobre las vías siento inseguridad, que me lleva directamente al miedo. ¿El miedo a qué? ¿A no encontrar a mi pequeña alevilla Nicteel, o a no volver a ver a Elona?

En el vagón del tren sólo hay un hombre. Me atrae, pienso que es médico, que viaja solo porque va de un lado a otro aprendiendo medicina. Lo vaticino por el maletín de cuero negro que lo acompaña y que protege tan celosamente.
La soledad y la melancolía están apagando mi energía, así que me dispongo a cortejar a aquel extraño.

—¿Qué escribe?
—¿Le importa tanto saberlo?
—Perdón, no era mi intención molestar —Mi voz se apaga.
—No, no. Perdone usted, estoy algo inquieto, no ha sido culpa suya.

La pluma con la que escribe rasca el pergamino y hace un ruido similar al de unas uñas arañando la piel. Siento como si estuviera arañando mi espalda. Sigue escribiendo sin prestar la más mínima atención a mi persona.
Sin levantar la mirada.

—¿Quieres algo, chico?
—Voy a México, en busca del amor de una muchacha pequeñita que me dejó sin respiración, sin siquiera ver su rostro. Y cuando la vi se quedó con mi corazón. Siempre he estado acompañado, la soledad me angustia y desde que abandonamos

Londres me siento muy solo.

—¡Ah! El amor es tan importante como el respirar para estar vivo, aunque yo he tenido muy poca suerte en el amor, las mujeres son tan frágiles que uno puede llegar a despedazarlas como si muñecas de porcelana se trataran. A veces no sabes qué es lo que piensan o hablan sin descanso sobre sentimientos, y otras en cambio desprecian a los hombres simplemente por el hecho de ser hombres. Entonces es cuando sus cuerpos se corrompen, ¿y sabes qué es lo que hay que hacer?

—No… no. ¿Qué hay que hacer? —Escucho absorto cada palabra que pronuncia.

—Extirpar el mal que hay dentro, pero con mucho cuidado y delicadeza —Mueve el pincel en el aire como si fuera un bisturí.

—¿Extirpar?

—Sí.

—Si eso fuera tan fácil yo mismo me hubiera abierto en canal y habría drenado mi cuerpo.

—Te puedo ayudar si así lo deseas —Su tono es pausado, profundo e hipnótico. Algo en sus gestos comienza a asustarme.

—Chico, ¿quieres ver qué hay en mi bote de tinta?

Asiento con la cabeza.
Acerca el bote, introduce el dedo índice y me pinta la nariz.

—¡Es sangre, es sangre! —grito aterrado.

Súbitamente me levanto y salgo corriendo por el pasillo.
Lo escucho detrás de mí.

—¡Es sangre purificada! ¡Ven, chico! ¡No somos monstruos! Somos el eslabón más alto de la cadena alimenticia.

Busco un lugar seguro donde esconderme, pero él me sigue.

—¡Vamos, chico! Te instruiré. No estarás solo. Te huelo, sé lo que eres. He conocido a más seres como tú, deja de esconderte, ven conmigo y sacaré de ti todo el mal. ¡Ven con Jack! Ven con Jack… ¡Vamos! —Ahora su voz resulta juguetona, hirientemente juguetona.

Voy de vagón en vagón buscando ayuda, no hay nadie.
Los tacones de sus botas resuenan en mi cabeza. Son más fuertes que el sonido de la locomotora.
Me pregunto, ¿cómo puede caminar tranquilo y ser capaz de alcanzarme?
Corro de vagón en vagón sin aliento. «¡No consigo escapar!».
¿Será un vampiro mucho más experto que yo, más sabio? Lo que sí es, es el ser más frío y cruel que he conocido en todos mis años de vida. A su lado Tarkovsky era un pobre desgraciado.

Elona una vez me contó que existen muchas razas de vampiros, y que yo soy de las razas más débiles. Un eslabón perdido, mitad vampiro mitad humano. Y podría haber sido un Dios pero en cambio; de ambas partes, mi cuerpo escogió las habilidades más endebles.

Me escondo tras la puerta del último vagón debajo de una mesa. Algo me agarra del pie y me arrastra hacia fuera, quiero gritar pero no lo hago. Mi cuerpo ha aprendido a reaccionar ante el miedo, los ojos de Jack son oscuros bañados en sangre, en cambio su boca no posee colmillos afilados.

—¿Qué clase de vampiro eres tú?
—Incauto alfeñique, yo no soy ningún vampiro, sólo soy demoníaco.

Bien, hagamos una pausa, voy a morir y no me ha dado tiempo a enamorar a mi pequeña Nicteel. No. Lo siento, no he llegado tan lejos para rendirme ahora.

Vomito en la capa de Jack, mi cuerpo convulsiona y de mis encías emergen unos dientes afilados. Dejo que el animal que hay en mí domine la situación, agarro a Jack por los hombros y le mordisqueo los carrillos. No me suelta, sino que se aferra más fuerte aún. No grita sino ríe, ríe a carcajadas mientras sigo mordisqueando sus mejillas y la sangre salpica como agua de lluvia refrescando mi cara. Me alimento de su sangre; de su vida, me alimento de su maldad hasta quedar en el suelo un cuerpo hueco.

El tren se detiene, ajeno a la historia de terror que acabo de vivir. Las puertas se abren, salgo tambaleándome, y todavía mareado me siento en un banco de la estación. Recupero el aliento mientras fijo la mirada en las puertas del tren. Tengo miedo de que Jack salga por la puerta cómo un zombie y termine conmigo, pero no pasa nada. Las puertas se cierran. Un pitido, una voz grave avisa de la salida. El tren se va.

«¡Nicteel, mi pequeña Nicteel! ¡Si no fuera por el amor que te tengo hubiera perecido sin remedio en ese tren infernal!».

Aún temblando, subo al barco que me llevará al otro lado del mundo.
Aquí nadie me produce escalofríos, nadie se fija en mí, y eso me agrada. Esta tranquilidad me trae recuerdos de casa de Elona y de su olor a hierbas.
Le pregunto a una camarera si hay algún sitio donde comprar una tarjeta postal. Parece que le gusto, pues se ha ofrecido a traerla personalmente y me ha regalado una tostada con un café.

Escribo unas escuetas palabras. No quiero poner en peligro a Elona, y así sabrá que estoy bien.
Debo de estar muy concentrado en las palabras exactas que debo escribir, porque en el rostro de la camarera aparece una mueca de aburrimiento. No me he dado cuenta de que hace tiempo que está de pie a mi lado con una bandeja y un periódico.

—Señor… —carraspea— Señor…

Al acabar la miro con asombro. Creo que después de Elona, Marianette, Girona y lord William nadie ha sido amable conmigo; sólo Armand, y lo hizo por amor a Lord William. Lo echo en falta, no sólo me complacía en cualquier petición sino que no ponía un mal gesto; todo lo contrario, siempre me sentí como si fuera su propio hijo.

—Señor.

—¿Sí? Disculpe, no era mi intención retenerla de sus quehaceres.
—No es ninguna molestia. Me gusta admirar su rostro, es… diferente.

Silencio.

—El periódico, señor.
—Me puede llamar Castiel.
—¿Se encuentra bien, señor Castiel? ¿Necesita un médico?
—¿Por qué lo dice?
—Su rostro. Está usted muy pálido.

No me había dado cuenta. Estoy sin maquillar y mis venas negras afloran bajo mi piel.

—No, gracias.
—En el barco se halla uno de esos médicos nuevos, creo que es científico. Quizás querría hablar con él.
—¿Por qué debería hablar con él? Si me encuentro bien…
—Sus ojos no son castaños como esta mañana. Ahora son oscuros, y sus manos tiemblan al escribir y al coger la taza del café. Siento meterme donde no me llaman, pero creo que usted es una buena persona. Y no quisiera que le pasara nada. La travesía es larga.
—Bien, bien, gracias.

Admito que necesito ayuda. Desde mi incidente con Jack no me encuentro muy bien, y decir que el barco me marea no va a funcionar por mucho más tiempo. A Elona no le gustaría verme así, si quiero ser normal debo cuidarme. Me siento como un actor que sale a escena sin su atrezo.

La camarera me acompaña hasta el camarote del científico, donde da unos leves toques en la puerta.

—Señor Swieten, soy Marianne. El joven del que le hablé viene a visitarlo.

Desde dentro una voz vivaracha nos invita a pasar.
—¡Adelante, adelante!
—¿Es usted el señor Gerard Van Swieten? —Resulto patético algunas veces, sobre todo con personas nuevas.
—Si no es así, he vivido engañado durante cuarenta años.

Es gracioso ver a un hombre adulto comportarse de esa manera, tan dinámica.

—Tome asiento y cuénteme. Le escucho. Admito que me intriga, tiene usted a Marianne muy impresionada.
—No he hecho nada para merecer tal cosa.

Marianne se sonroja, está de pie inmóvil, apoyada sobre la pared. El señor Van Swieten escucha muy atento mi historia. De un maletín coge una lupa y palpa mis encías, se pincha con uno de mis dientes afilados. Ausculta mi corazón y observa detenidamente mis pupilas.

—¿Cómo has conseguido sobrevivir tanto tiempo? Normalmente los de tu especie mueren jóvenes. No alcanzan la madurez.

—Creo que tiene que ver con el amor.

Gerard sonríe.

—Elona, mi madre adoptiva. Siempre pensó que el amor es lo que me mataría, y no mi enfermedad.

—Esa mujer, Elona, parece una mujer muy sabia.

—Es la mejor mujer que existe en el mundo.

—Me gustaría conocerla.

—Algún día se la presentaré, pero antes tengo un gran deber. Debo encontrar a la muchacha que me revolucionó la existencia.

—¡Fantástico, muchacho! Elegir un camino tan firme a tu edad es todo un éxito para tu raza y tu ser interno, ese al que temes. Porque si no lo temieras no estarías aquí.

Gerard es muy expresivo bajo esas gafas de grandes cristales y aire serio. Tras ese rostro de edad avanzada se encuentra todo un explorador y aventurero.

—Pero has de tener en cuenta que esa chica no va ser la cura de tu enfermedad, porque por ahora no la hay o todavía no la he encontrado. Yo mismo soy un aquejado de mis propias investigaciones.

—Es cierto, ni los más sabios científicos son capaces de disipar mi inquietud hacia aquel que mora dentro de mí.

Me confía tanta paz que en pocas horas nos hemos hecho muy amigos. Le he entregado mi último botellín, lo analiza, y no sé cómo lo hace pero consigue sacar una docena de botellines más, aunque sus efectos son más débiles.

Marianne no sólo es camarera, sino que es la ayudante de Van Swieten. Es una muchacha muy agradable. Uno se siente grande a su lado, pero no me produce el mismo sentimiento que me provoca el recuerdo de mi amada.

—¿No te importa que lleve un diario sobre nuestras investigaciones, avances y fracasos?

—¡Claro que no! Debí hacerlo yo mismo desde pequeño. Pero para seguir sus investigaciones deberá dejar su travesía y venirse conmigo.

—¿No seremos una carga? Deberás arrastrar este viejo cuerpo por el nuevo mundo.

—No si Marianne me ayuda. ¿Vendrá con nosotros, Marianne? No sabría qué hacer sin usted.

—¡Sí, me encantaría!

Esa noche fue la más apacible que pasé desde que salí de casa.

Desde que los primeros rayos de sol se reflejan en las olas formando en mi camarote un espectacular juego de luces me inunda una inusitada felicidad.

Nos sentamos en la terraza, mecidos por la brisa del mar. Un café con posos y unas tostadas correosas no apagan la alegría de nuestra conversación.

—¿Sabes, Castiel? Cuando me enamoré por primera vez pasaba todo el tiempo que podía buscando un elixir mágico para hablar sin tener que parecer un ser patético y torpe. Cuando vi que no necesitaba ningún tipo de elixir, me dediqué a crear perfumes y sacos de aromas. Todo por embriagar a la mujer más dulce que jamás hube conocido. Después se puso muy enferma, y dediqué mi cuerpo y alma en buscar una cura para sanarla, pero todo fue inútil, un maldito demonio la poseyó, la hizo suya y se fué con él al infierno.

«Es curioso cómo el destino une a las almas heridas».

Capítulo 6

¡Henos aquí, viejo mundo, directos al nuevo mundo! Adentrándonos en un paraje inhóspito, somos Cristóbal Colón en busca de un imposible. Un trío único capaz de recorrer el mundo por amor.

América latina, un lugar donde conviven unidos a la tierra y a la naturaleza.

La travesía es de lo más reconfortante, tengo intimidad para desatar a mi monstruo interior las noches de luna llena, y además estar con Marianne me da la ocasión para conocer al género femenino de un modo más natural. Es una gran maestra sobre los enigmas de la mujer. Aparte de aprender también algo de mí que no sabía; resulta que mi raza de vampiro es más fuerte de lo que creía, capaz de cazar vampiros y exterminarlos, y de procrear con la cantidad de mujeres que desee hasta el día de mi muerte.

Cuatro semanas en barco pueden convertir a tres desconocidos en más que amigos, en hermanos.

Desde que dejamos el puerto de Veracruz viajamos montados en carretas. Apenas dormimos y comemos en puestos callejeros. Ya he probado los insectos, que aquí son manjares, y lo cierto es que no me son desagradables, diría que hasta me gustan. Me agradan las cosquillas que sus patitas aterradas provocan en mi garganta antes de morir.

Es época de lluvias y son intensas, gotas de agua que caen con tanta violencia sobre mi débil piel que ahora mismo estoy lleno de esferas de color violeta.

El destino nos lo pone difícil pero nosotros somos imparables.

Esta vida me gusta, me siento tan unido a esta tierra que creo que en una vida anterior fui un indígena.

La gente es pequeñita, pequeños duendes con ropas llamativas y olor a tabaco de mascar.

Tras caminar ocho horas por una carretera interminable y no ver más que lagartos y cactus entramos en un pueblo y un grupo de niños salen a recibirnos. Piden comida y dinero, son diminutos y atrevidos, rebuscan entre los bolsillos. Nos dan la mano y nos conducen a una casa. Es más grande que el resto de las casas, pero aun así nos tenemos que agachar para entrar. Después de comer un gran plato de batatas con carne de oveja acompañado por un licor que me ha quemado hasta las entrañas salgo de paseo para descubrir su mundo. Esto sí que es vivir. ¡Oh, mi querida Elona, si me vieras! Te enfadarías si me vieras, pero soy tan feliz. Me siento tan cerca de mi pequeña Nicteel... Mi alma se ha conectado con la naturaleza, hasta mi monstruo interior está más calmado. Creo que he logrado comprenderlo.

De pronto, una niña minúscula sin ropa y descalza se acerca, me horroriza la visión de la pequeña cubierta de sangre y pidiéndome que le ayude. Grito ayuda, a mis espaldas aparece Van Swieten, le explico agitado que una niña pide socorro, pero ya no está. Ha desaparecido.

Decidimos seguir nuestro camino, los aldeanos murmuran entre ellos y pronuncian a nuestro paso algo que no comprendo: *chupacabras*.

Kilómetro a kilómetro, metro a metro, nos vamos acercando a mi destino.

Un poco más y alcanzaremos una nueva civilización, ¡no puedo creer que pise suelo mexicano! ¡He llegado! Tarkovsky intentó destruir mi sueño y tuve que poner mucho empeño en recuperar la ilusión. Como un cubo de Rubik que hay que reestructurar, fui uniendo los recuerdos que me dejó mi pequeña Nicteel. Empleé toda mi fe, toda mi paciencia, y ahora la siento tan cerca que el pánico me paraliza.

Acabamos de llegar y ya la ando buscando en cada *pulpería³*. Pero me canso enseguida, el calor es insoportable y la humedad no me deja respirar. El sol es más intenso y he de taparme casi por completo.

Localizar una aguja en un pajar resulta más fácil, deseo quemar el pajar entero para encontrar la aguja.

El crepúsculo tiñe de rojo la ciudad y me da un respiro, pero no tenemos suerte, nadie conoce a mi pequeña Nicteel.

—Hay muchas muchachas con ese perfil aquí —nos contesta un anciano.

—¡No, no y no! No puede ser, ella es excepcional, una creación única, y va acompañada por su padre.

—Sí, ella es excepcional —responde un tipo regordete.

El agotamiento me debilita y el señor del teatro me resulta apetecible, como un gran chuletón.

—Debéis ir a la parada de los monstruos. Es un circo. Está en las afueras, yendo al

---

Una pulpería era, hasta inicios del siglo XX, el establecimiento comercial típico de las distintas regiones de Hispanoamérica, encontrándose ampliamente extendida desde Centroamérica hasta los países del Cono Sur. Su origen data de mediados del siglo XVI y proveía todo lo que entonces era indispensable para la vida cotidiana: comida, bebidas, velas, carbón, remedios y telas, entre otros.

También era el centro social de las clases sociales humildes y medias de la población; allí se reunían los personajes típicos de cada región a conversar y enterarse de las novedades. Las pulperías eran lugares donde se podían tomar bebidas alcohólicas y además se realizaban peleas de gallos, se jugaba a los dados, a los naipes, etc.

noreste, en la región de Chiapas. Aunque he de advertir que allí hay todo tipo de personajes raros. Hay tantas bellezas como engendros.

—Yo que ustedes no me arriesgaba —continúa el anciano—. Hoy en día todavía realizan sacrificios y rituales para honrar a los dioses.

No temo lo que me pueda encontrar. Cualquier cosa no será peor que el monstruo que vive dentro de mí. Doy efusivamente las gracias al señor regordete.

—¡Gracias, muchas gracias, señor!

Mientras alcanzamos nuestro objetivo, Marianne me da unos consejos para presentarme ante Nicteel sin causarle temor o intranquilidad ante la idea de parecer un maníaco acosador. Y el señor Van Swieten me aconseja como calmar mi parte dhampiro.

Va a dar la medianoche cuando llegamos a la parada de los monstruos. Todo está alumbrado por antorchas. Nos adentramos en sus callejuelas. Hay música en cada caseta, los sonidos se mezclan entre sí. Hay puestos llamativos con vivos colores y luces de velones, candelabros y antorchas. Hay carteles con dibujos de cada espectáculo. Algunos dan verdadero terror. Personas carentes de brazos y piernas, mujeres unidas por el abdomen, niños con apariencia lobuna, personajes curiosos con el cráneo alargado, cónico.

A nuestro lado un grupo de jóvenes tatuados bailan sonrientes. Uno de ellos tropieza y se abalanza sobre mí. Intento agarrarme a un gran pivote para no caer al suelo, pero el impacto es tan brusco que la madera no soporta el peso y se cae, llevándome consigo. Al levantarme, una corriente eléctrica cruza mi espalda.

"La bella Nicteel. Bailarina exótica, nos deleitará está noche con otro sensacional espectáculo.
Después de medianoche, en el escenario principal".

—¡Es ella! ¡Es Nicteel!

Reconozco su rostro pese a que el dibujo del cartel que acabo de arrancar está en un estado lamentable. El destino me ha recompensado, después de todo. La travesía termina aquí y comienza aquí. Marianne tiene que sujetarme, no creo que pueda contener a mi dhampiro en este estado, necesito beber de la sangre que me prepara Van Swieten. Bebo de tres botellines y espero su efecto. Poco a poco mi cuerpo se va relajando. Caminamos hasta el lugar donde en breves momentos aparecerá mi amada.

La grada es inmensa. Nos sentamos en las primeras filas en unos bancos de piedra y esperamos en silencio. El rugir de los presentes provoca en mí agitación y desasosiego. Mi corazón va a estallar. Los segundos se hacen eternos.

Unos indígenas prenden unas antorchas, el sonido de unos tambores rompen el silencio. Tras una cortina blanca, iluminada por un gran foco, una silueta se mueve serpenteante. Una silueta familiar.

Mi pequeña Nicteel entra en escena, danza rodeada por unas boas albinas. Sus caderas hipnotizan al público, sus ojos brillan como las llamas de las antorchas, su pelo adornado con plumas de colores rojos, amarillos, naranjas y verdes. Danza al ritmo del viento. Es más bella que en mis sueños, más perfecta que en mis recuerdos.

El señor Van Swieten asiente con la cabeza y me dedica una sonrisa fugaz. Marianne tiene la mirada fija en los indígenas que juegan con antorchas llameantes alrededor de mi amada. Durante una canción que invoca a la Madre Natura y un baile sensual, mi pulso se acelera al ritmo de los tambores. Las sacudidas de su cabeza, de sus hombros, sus caderas y sus muslos me provocan una vergüenza que no había experimentado antes.

Apagan las antorchas. Se ha acabado, la gente se acerca a ella, la cubren de flores y besos. Me situó detrás de unos hombres esperando mi turno. No pido besos, sino su vida; el resto de su vida junto a la mía.

La puerta de su roulotte está abierta. No hay nadie, su aroma me invita a que penetre en él.

Marianne me hace gestos tan cómicos que apaciguan mis nervios. Me escabullo dentro como un ratoncito asustado buscando un refugio.

Dentro, me tomo un tiempo para observar todas sus cosas, su vestuario, acerco mi nariz a su ropa, percibo el aroma que deja su piel en ella. Me asombra la cantidad de enseres femeninos que hay en una mesita con un gran espejo en forma de luna. Frascos de perfumes, esponjas, pinceles y maquillaje. Siento como si violara su intimidad, y un sentimiento impúdico me embarga al ver sobre una hamaca su ropa interior.

La puerta se abre, un viento fresco me trae su aroma, el pulso de su sangre corriendo por sus venas. No sé cómo actuar e inconscientemente me paralizo, transformado en una estatua de sal. Me llueven plumas. Sentada frente al espejo comienza a limpiarse el rostro, se peina su larga melena de ébano.

Aguanto la respiración. Está frente a mí, quiero hablar, pero no puedo mover un músculo. El reflejo en el espejo me delata.

—¿Quién es usted? ¿Qué quiere?

«Discúlpeme, pero desde que la descubrí en mi tierra natal no he podido olvidarla, y me he recorrido medio mundo para encontrarla. Me han intentado destrozar los sueños y la vida. Aunque soy un espécimen raro. Y enfermo de amor de por vida, vivo por usted».
Silencio mi cabeza, necesito retomar aliento.

—¿Cuánto tiempo lleva aquí? —contesta.

Me desconcierta. Parece enfadada, pero en la comisura de sus labios se dibuja una sonrisa.

Marianne me advirtió: «No es como las demás chicas, su sangre es más caliente. Hay que seducirla con cierto disimulo, como si no tuviese importancia, pero no demasiado, porque entonces perderás toda su atención».

—Estaba buscando… me apoyé en la puerta, está mal, estropeada. Debería arreglarla, si no cualquiera podría entrar… Me asusté y caí aquí dentro.
—¿Y ha venido a contarme eso, o a arreglarla?
—No, no sabría, pero puedo intentarlo, aunque siendo honesto no soy muy hábil

con las manos.

A partir de ahora, cada palabra que pronuncie hará que el resto sea el camino hacia la gloria o la carretera al infierno.

—¿Quiere decirme que no es usted hábil?
—¡No, qué va! Soy extrañamente hábil en otros campos —Un calor sonroja mis mejillas.
—Hay algo... que me resulta familiar, como si ya le conociera. Esa forma de hablar...
—¿Se acuerda de mí? ¿Me recuerda?
—Bueno... y qué quiere —Su voz se torna seria—. No me queda mucho tiempo, y conocer gente extraña tampoco me conviene.
—¿Se va?
—Podría decirse que así es.
—Me gustaría tanto acompañarla...
—Adonde voy no puede acompañarme nadie. Ahora, si me disculpa, quisiera cambiarme sin miradas indiscretas.
—Sus deseos serán para mí como las leyes que me ha impuesto la naturaleza.

Un breve silencio que se hace agradable, como el paso de un ángel.

Antes de marcharme me detengo en la última escalera.

—Me gustaría... No, necesito volver a verla. ¿Puedo?
—Puede ser...

Capítulo 7

Con "Puede ser...", creo que quiso decir algo así: "¿Qué puedo perder?". Pero para mí es el aliento que necesito para seguir viviendo.
¡Me siento un Dios! ¡Soy un Dios!
Tras contar mis andanzas con mi amada Nicteel a Van Swieten y a Marianne, les pido que intenten hacer un poco de magia con los restos de sangre que queda de mi madre, porque siento que voy a necesitar algo más de lo que me esperaba.
Ahora me acuerdo más que antes de Elona. Sé que desaprueba totalmente lo que pasa por mi cabeza.
Nos acomodamos en la parte trasera de aquel extraño lugar rodeado de árboles gigantes, matorrales de metro cincuenta de alto y animales exóticos. Hasta hay un camello al que le falta un ojo ¿Qué hace un camello tuerto en mitad de la selva Lacandona?
Ahora que ya estamos instalados me atenaza el miedo. Tengo que conquistar a Nicteel, y antes que nada averiguar qué significa "me queda poco tiempo".

Esta mañana me he despertado con un ardor extraño en la garganta. Buscando un animal pequeño con lo que calmar mi desasosiego, persigo a algo parecido a una rata pero mucho más grande, me adentro en la selva que rodea la parada de los monstruos, y ya pienso que me he perdido cuando escucho unas voces familiares. Escondido dentro de un árbol hueco veo al padre de Nicteel hablando con una mujer arrugada como una pasa y vestida con plumas de colores iguales a las que llevaba la noche anterior mi amada. Pongo todo mi empeño en escuchar la conversación.

—El plazo se cumple dentro de tres lunas. Mantén a tu hija alejada de todo hombre y serás recompensado como se te prometió. Y no vuelvas a intentar escapar porque te encontraremos, igual que la última vez.
—Métase la profecía y el oro por donde no sale el sol.
—No dijiste lo mismo cuando nació tu hija.
—También prometieron que nosotros no sufriríamos ningún daño y mataste a mi esposa.
—Llámese daño colateral.
—Llámense asesinos.
—¡La Madre Natura está sedienta, y no serás tú quien se ponga en contra de sus deseos!

Mi corazón rabia. Si no fuera porque hay demasiados indígenas protegiendo a la vieja, me lanzaría sin pensarlo sobre su cuerpo decrépito y la devoraría. Tengo tres lunas para huir de nuevo, pero esta vez será en busca de un hogar seguro para Nicteel.

Estamos comiendo en un puesto tan sucio que nuestros pies se quedan pegados al suelo. Algunas cucarachas están petrificadas, otras todavía luchan por escapar de la masa de mugre que las tiene atrapadas. Mientras degustamos la comida más deliciosa que hemos probado en dos meses, le cuento a Van Swieten lo que he oído en la selva.
Tiene que pensar un plan. No es la primera vez que se encuentra con una chamana; ella se dedica a robar de la basura los cráneos y los huesos de los muertos cuyas familias no tienen dinero suficiente para pagar la concesión de sus tumbas. Me cuenta que no sólo posee un gran poder, sino que todo aquél que se halla bajo su influjo es capaz de luchar contra su propia familia.

Marianne ha encontrado trabajo junto a Van Swieten de curanderos para los *freak* que trabajan en la feria. Mientras tanto, intento conseguir trabajo con la vieja chamana. Es tan desafiante que me cuesta hablar con firmeza. Le digo que soy un vampiro y que le puedo ser muy útil, todavía no sé en qué pero, ¿para algo le puede ser útil un vampiro a una bruja?

—No creo que seas un vampiro, eres endeble. No sé para qué me puedes servir, aunque no tengo a ninguno por aquí. El último *chupacabras* que tuve lo mataron los del pueblo. A la gente no le gustan las cosas diferentes, y en cambio les encanta verlas. Les atrae el morbo de lo desagradable siempre y cuando se queden dentro de estos muros de luces y colores. Fuera les desagradan. Les dan tanto asco que no piensan, disparan sus lenguas y sus armas sin más.

La vieja decrépita se ha dispuesto a aplastar mis sueños. He cruzado medio mundo y no pienso dejar de luchar hasta que no consiga lo que he venido a buscar.
Estoy un poco nervioso porque es absolutamente necesario que esté cerca de la vieja si quiero estar cerca de mi amada Nicteel y salvarla de sus garras.
Se acerca la medianoche, estoy vestido como los demás indígenas portando una antorcha. Nos vamos acercando al escenario formando un camino de fuego, la vieja

chamana me observa detenidamente. Mi corazón se desboca al descubrir a Nicteel en el escenario, el reflejo del fuego de las antorchas en su piel le otorga un brillo espectral. Su baile es más sensual y menos agresivo que la noche anterior. Tengo que hacer las cosas bien; estoy jugándome mi destino. Tengo que destacar entre todos estos hombres diminutos cubiertos de aceites y músculos de hierro. Tengo ganas de raptarla y llevarla lejos, sentir su calor y que ella sienta el mío, pero en lugar de eso me quedo petrificado portando mi antorcha. La observo, buscando su mirada. Me sonríe como una niña que acaba de pronunciar su primera mentira a su padre. Espero algo más, pero por ahora debo conformarme con su sonrisa de niña.

—Te queda muy bien el traje. Las plumas contrastan con tu piel tan blanca —susurra al acercarse.
—¿Te estas burlando de mí?
—Por supuesto que sí.
—Está bien, te lo perdono porque tu baile casi me deja dormido.
—*Touché*.

La vieja decrépita aparece como un fantasma en plena noche. Mi amada desaparece sin darme tiempo a mostrarle mis encantos personales. La vieja me reprocha el hablar con Nicteel. Voy en busca de Van Swieten y de camino, escondida entre dos carromatos, me encuentro a mi amada, que me coge del brazo y me lleva hacia ella.

—¿Te he asustado?
—No, no hay nada que me asuste. Soy un espécimen raro.
—Eso lo he oído antes.
—¿Estás segura de eso?
—No sé, hace mucho tiempo. Quizás es sólo mi imaginación.
—Quizás no sólo es tu imaginación.

La luna baña su rostro, mis ojos no pueden dejar de mirar su boca. La quiero besar, pero si la beso querré saborearla, y si eso ocurre querré morderla o peor aún, devorarla.
Me dan ganas de decirle que soy un monstruo, un vampiro que necesita la sangre de su madre desaparecida para no ir comiéndose a todo aquél que se le cruce por delante. No puedo contenerme más.

—Quiero besarte, es decir, quiero que me beses, que nos besemos los dos, ya sabes... Tú, yo, labios, boca, y tu sabrosa lengua.

Por un momento creo que me va a partir la cara. Cierra los ojos, respira profundamente, y de sus labios emana un "me gustaría".
Nuestros labios se funden con naturalidad, su aroma duele, no me atrevo a estrecharla contra mi pecho por miedo a hacerle daño. El pánico aflora. Todos los reproches de Elona aparecen en fotogramas por mi mente. «Cuidado». «Calma». Igual que una cadena que engarza una pieza con otra, intento engarzar el corazón y la razón. El tiempo se detiene, su pulso se acelera y el mío se va ligando lentamente. Su sabor recorre mi garganta. Sus dedos, sus manos, sus brazos se confortan bajo mi espalda y los míos se aferran a sus caderas. Siento despegar los pies del suelo, todo es un sueño, todo es un maravilloso sueño en un mundo donde sólo los que se aman

son dignos de saborear sus placeres.

—¡Nicteel, qué haces aquí, ve a casa ahora mismo!
—No pasa nada, padre, estoy bien. Este caballero se ha perdido y le enseñaba el camino.
—El camino de la felicidad —susurro.
—¿Le conozco de algo? Su cara me resulta conocida.
—Haga memoria…
—No importa. Vamos, Nicteel.

Mi felicidad se esfuma, se escapa de entre mis dedos. Su padre la agarra con fuerza, una fuerza inusual. Toda mi euforia ahora es ira, mis pupilas se dilatan adquiriendo un color oscuro, mis encías duelen y mis dientes afloran. Mi voz ruge.
Nicteel se zafa de su padre y corre en mi dirección.

—¿Qué te está pasando?
—Lo siento, no quería que te enterases así. Soy un dhampiro, y tu padre ha desatado mi ira, algo perjudicial para mí.

Su padre desde lejos grita que me aleje, o que mi pequeña Nicteel se aleje, no se le entiende bien con los nervios.

—Padre, tranquilo, no te va hacer daño. ¿Verdad, alienígena?

Mi alma siente una descarga eléctrica.

—¿Te acuerdas?
—De cada palabra y cada gesto. Desde aquella noche en la cantina sueño constantemente con encontrarme de nuevo con aquel muchacho que me enamoró con una mirada.
—¡Nicteel, aléjate de él ahora mismo! ¡No puedes enamorarte, lo tienes prohibido! ¡Prohibidísimo, ¿me oyes?!

Su padre grita, en cambio yo no escucho nada, no veo nada porque he besado a mi amada y ya nada volverá a ser igual.
Mi monstruo interior se encuentra en la puerta de entrada de mi alma, pero me da igual. Soy un animal hambriento de amor, me comporto como un animal y Nicteel sabe que soy ese animal, que en realidad es un dhampiro capaz de derrotar a cualquiera que se interponga entre nosotros.

Capítulo 8

Se descorren unas cortinas y el sol daña mis ojos dejándome ciego momentáneamente. La voz de la vieja chamana me despierta de una siesta a media tarde.
Su voz me provoca arcadas, ese tono sabor a vinagre penetra en mis venas paralizando mi corazón.
—Me han llegado noticias. Estás intentando conquistar a Nicteel y no te lo voy a permitir. Ella pertenece a este lugar, me pertenece a mí. No quiero que te acerques a

ella nunca más, si no atente a las consecuencias.

—Soy un vampiro, ¿no lo recuerda?
—Una vieja como yo no le tiene miedo a un vampiro enclenque y gelatinoso como tú.
—Me la podría comer ahora mismo y no tendría tiempo ni de mover esos huesos que tiene por brazos, ni de lanzar un solo grito.
—No me subestimes, pequeño. Haz lo que te ordeno y no te pasará nada, ni a ti ni a tus amigos.
—A ellos no los meta en esto, ellos son sólo unos compañeros de vuelo guiados por la misma corriente de aire.
—Haz lo que te conviene, muchacho, y vivirás para contarlo. Te espero a la misma hora que ayer.

Y, de la misma forma que entró, desaparece.

Si mi querida Elona supiera que estoy yendo en contra de todas sus enseñanzas… ¡Oh, madre! Te provocaría un ataque de ira, pero soy muy feliz. Es una felicidad muy diferente a la que siento estando en casa, al refugio de mi cuarto. Ahora mi refugio son los latidos del corazón de mi pequeña Nicteel.
Nos vemos al ocultarse el sol, sólo de noche. Nos amamos con mucha energía, a veces diría que con violencia.
El tiempo que pasamos amándonos se resta al que pasamos hablando de nuestro pasado, de nuestros miedos y sobre todo de nuestros deseos.
Pese al miedo me encuentro mejor que nunca.
Elona siempre me hablaba de los desastres que provoca el amor, pero me siento más fuerte, más enérgico.
Ya no puedo vivir sin mi amada, el olor de su piel, el sonido de su voz, su forma de representar que es la mujer más fuerte o la más frágil del mundo. El latido de su corazón está protegido de una forma extraña por un muro de magia negra. No logro descifrar qué clase de trauma puede provocar una personalidad así. Algunas noches se derrite entre mis brazos y baila sobre mi cuerpo como la alevilla de mis sueños, y otras noches en cambio cabalga furiosa sobre mí y acabamos bañados en sangre. Su exaltación llega al escuchar mis alaridos, arriesgando por completo su vida bajo mis colmillos. Sin duda la forma tan dura que tiene su padre de tratarla es un indicio; debo seguir indagando y buscando sus mil y una personalidades. Y me fascina cómo un ser tan frágil soporta tanta dureza.

Nos amamos en el más estricto de los secretos. La parada de los monstruos es un pueblo de una veintena de habitantes. Todos ellos con sus vidas, sus secretos y todos ellos se conocen, y si una sola persona contase mi romance con Nicteel, su sentencia de muerte sería inminente.
La clandestinidad le da al corazón y a nuestra pasión una inyección de adrenalina, pero a medida que pasan los días la tensión, las ganas de volar y gritar se hacen visibles. Van Swieten busca en sus libros viejos una forma de librar a Nicteel de su cruel destino, en cambio sólo encuentra piedras en el camino, obstáculos cada cuál más difícil que el anterior. Sólo se me ocurre esperar a la noche señalada, raptarla y echar al cenote a la vieja decrépita. Coger un barco y desaparecer con la bruma nocturna.

—Te besare esta noche delante de todo el mundo.

—¿Quieres que me maten, directamente?

—Su profecía no se cumplirá.

—Todas las profecías se cumplen. El destino ya está escrito mucho antes de nacer.

—No lo creo. ¿Estás diciendo que mi maldición ya existía antes que yo mismo?

—Sí, así es, al igual que tu enamoramiento.

—¿Y tu profecía decía que cruzaría medio mundo para encontrarte?

—No lo sé. Pero si estás aquí...

—De ahí deduzco que pude haber cambiado el curso de nuestras vidas.

—¡No, no es posible! ¡Me niego a creer que todo este dolor podría haberse evitado y que existe para mí un mundo perfecto y maravilloso lleno de amor!

—¿Sabes que no me doy por vencido? Sé que tarde o temprano te haré entrar en razón.

—Mientras tú buscas el modo de conseguirlo, yo me voy a hacer mi trabajo.

Noche tras noche, después del espectáculo nocturno una horda de babosas bien vestidas la esperan con regalos para enamorarla, aunque dudo que deseen su corazón. La cortejan sin pudor e incluso delante de mí. Inmovilizado en el alféizar del sol no puedo acercarme, hipnotizado por los suntuosos movimientos de su cadera. Movimientos que poseo tatuados en mi piel. Esta noche una de esas babosas bien vestidas es más insistente de lo razonable. La acompaña hasta el camerino y siento celos, una terrible ira en llamas. Mientras yo sigo en el alféizar, la babosa disfruta de los rayos de sol de mi pequeña Nicteel. Sus insinuaciones me irritan.

Mi animal quiere salir y yo lo dejo, se apodera de mí y mi cuerpo arde. Me abalanzo sobre la babosa mientras Nicteel intenta detenerme, pero es inútil, he cogido a mi presa y no pienso soltarla hasta que no le quede un aliento de vida.

Van Swieten y Marianne, acompañados de Nicteel, me ayudan a deshacerme del cuerpo. En la parada de los monstruos todos callan, aquí las leyes no las marcan los hombres.

Lo más curioso es que desde anoche la vieja chamana me deja más libertad, no dice nada y deja que visite el carromato de Nicteel.

Ahora cada noche me recuerda que soy sólo para ella y que siempre será para mí.

Después de despuntar el alba me quedo solo. Pienso en Elona y en sus enseñanzas, le escribo casi cada día contándole lo feliz que soy y las ganas que tengo de volver a casa con Nicteel y de vivir todos juntos. Le insto a que me escriba, pues no recibir noticias suyas me preocupa.

Sentado en la cama, solo, intento para bien o para mal calmar mi alma a golpe de sangre que me proporciona Van Swieten. Borracho me consuelo con la única idea de que a quién ama Nicteel es a mí.

Capítulo 9

La vieja chamana viene todas las tardes a despertarme con sus graznidos. Hoy me ha asignado una función para mí solo. Más bien, ahora no daré espectáculo; yo seré el espectáculo. La aberración de la que reírse, burlarse e insultar. Simplemente la idea de admirar a un vampiro destripando a un puerco o comiéndose el corazón de un puma ahí, frente al público, me resulta asqueroso. Para todos aquellos que me vean con ojos comunes será una escena grotesca. Quiero negarme, pero no puedo. Cuanto más confíe la vieja coleccionista de cráneos en mí más fácil me será descubrir sus puntos débiles y acabar con ella.

Nicteel une su representación a la mía, formamos un dúo peculiar. La Bella y su bestia. La alevilla domando a golpe de cadera a un depredador con aspecto de ciervo indefenso.

Aquella noche su canción desnudó al hombre y lo transformó en bestia.

—*"Ven a mi árbol en flor, esta noche apagaré la luz que refleja la luna y dejaré sobre tus brotes la esencia de mis semillas. Con la punta de tus ramas alcanzarás mi aurora boreal y sacudiré el tronco invisible que sostiene mi árbol. Esta noche apagaré la luz que refleja la luna, para que bailemos desnudos hasta el final"*.

Mientras la razón abandona mi cuerpo en pleno escenario, Nicteel cuida de mí.

Son las ocho de la tarde y al despertar advierto unas gotas de sangre en las sábanas. Nicteel aparece por mi cuarto, sigilosamente gatuna.

—Anoche me costó mucho tiempo calmar la sed de tu monstruo. Engulliste tres corazones de puma de un solo bocado. Comías de una forma inquietante, llegaste a asustarme. ¿No lo recuerdas?

—Sabes que si me abandono me cuesta volver a humanizarme.

—Quiero... No, te exijo que no permitas que se acerque a mí ese monstruo que tienes por abrigo del alma. No cuando pierdes tanto el control. No estoy dispuesta a convertirme en un esperpento.

—¿Cómo lo soy yo?

—Tú no tuviste elección, naciste así. Es una de esas malas pasadas que juega la naturaleza.

—Hay algo que te puede ayudar a no tenerme tanto miedo.

—¿Sí? ¿Tienes ahí el santo grial?

—Eso pensé la primera vez. Mi alma tiene un rondador, y te voy a dar al que apacigua las aguas.

Dejo en sus manos un botellín. Estoy tan seguro de su amor que no me tiembla el pulso.

—¿Por qué tiene un color tan intenso?

—Porque es sangre de cordón umbilical adulterada. Elona guardó la sangre de mi verdadera madre y Van Swieten ha conseguido fabricar esto. No es muy estable, pero funciona lo suficiente como para apaciguarme.

Abre la botella, deja caer en su dedo índice unas gotas de sangre y las acerca lentamente a mis labios. Estoy desconcertado y excitado. El elixir de mi existencia se transforma en el elixir del amor.

Sigue jugando con la sangre, que deja caer sobre su brazo desnudo. Lamo desde la muñeca hasta el hombro. Mi lengua se apresura hacia el paraíso de su pulso yugular, el resto de la sangre yace en su pecho. Hundo la cabeza en sus senos, los muerdo. Ahora todo se funde, sangre y flujos.

Se aproxima la luna nueva y en la jurisdicción de los indígenas se celebra una pre-fiesta a la invocación de la luna llena, en honor a su divinidad Tezcatlipoca, a la que no estoy invitado. Me escabullo por la selva en busca de Nicteel. Sin embargo debo asegurarme que es una antesala simplemente. Soy torpe cuando quiero hacer cosas a plena luz del día. De noche, autómata, camino ducho entre la maleza. Estoy aturdido por la luz. La naturaleza se ríe de mí y me golpea con sus largos brazos convertidos en ramas.

La algarabía que provocan deja un camino a seguir con bastante facilidad. Me concentro. Me hago uno con los árboles. Observo todo con ojos de murciélago atontado. Para mi suerte todos forman un grupo tan evidente y llamativo que es fácil detectarlos hasta para mí.

Una bandada de cuervos con aroma a tabaco de mascar la rodea, me ponen nervioso y los celos incitan al vampiro, deseoso de salir.
En cuanto a ella, no le gusta que nadie se me acerque y pida tocar mis dientes afilados. No soporta ver a jóvenes incautas pidiendo a gritos que desean mi cuerpo y seguir mis pasos hasta convertirse en vampiros, sus ojos rasgados brillan con la misma intensidad que una leona de caza. Nunca hubiera dicho que provocar un sentimiento así en otra persona podría excitarme tanto. En una historia de amor convencional estos hechos bastarían para minar la relación más consolidada, e incluso Diego de Marcilla e Isabel de Segura habrían tenido un arrebato si la muerte no se hubiera enamorado de ellos antes.

Nuestra historia, muerte incluida, es el manjar de los manjares.

"Elona, madre, te va a enfurecer la forma en la que manejo mi vida, pero soy muy feliz.

Posdata: Van Swieten me ha confesado de forma muy discreta que sueña con conocerte. Hablo tanto de ti y de mi añoranza con él que está deseoso de terminar aquí nuestra aventura para comenzar una nueva en nuestro hogar".

Capítulo 10

Pasan apacibles las noches, tristes los días, y aún así nos prodigamos un amor sincero.

Aquella tarde me esperaba una desagradable sorpresa. Un hombre con pintas de mantis religiosa se presentó ante la vieja chamana clamando a voz en grito que es un vampiro y que desea formar parte de la parada de los monstruos. La vieja chamana ve en el extraño una oportunidad única y decide contratarlo para esa misma noche.
Así, de sopetón, aquella misma noche me encuentro luchando por una presa contra aquel extraño. La situación toma colores grises y negros. Tengo que pedirle a Van Swieten que invente algún tipo de brebaje para que mi transformación sea completa, sin rescoldos de humanidad, lo que me lleva a una preocupación mayor. ¿Cómo mantener a salvo a Nicteel si se acerca demasiado?
La hora de la función se acerca, y para cuando quiero llegar ya está ahí el extraño, esperando. Es fuerte y musculoso, más de lo que me creía en un principio. Me

tiemblan las piernas. Esa mirada que me hiela la sangre se convierte en miel ante los ojos de Nicteel.

«Mira por dónde... Este sentimiento de celos me permitirá luchar con furia».

Mi garganta se desgañita en un aullido que, lejos de dar pavor, les provoca unas sonoras carcajadas a cada uno de los indígenas que se encontraban a mi alrededor. En cuestión de segundos la confianza en mí mismo se desvanece como un vampiro expuesto al sol.

La inseguridad me dice al oído que no dude en refugiarme en los brazos de mi amada y que le cuente que sea prudente, pues un nuevo buitre se ha fijado en ella.

—¿Tan malo es el gusto que crees que tengo? —me reprocha Nicteel —Además, te equivocas. A quién tiene bajo su fijación es a ti.

—No digo que vayas a fijarte en él, sólo quiero que andes con cuidado.

Un escalofrío me recorre la espalda. El extraño nos sorprende detrás del escenario.

—¿Tanto me han cambiado los años que no me reconocéis?

El sonido de su voz me transporta a mi pequeña aldea Bakewell, en microsegundos me encuentro en la cantina. Un olor a vino penetra en mis recuerdos.

—Pero... ¿qué haces tú aquí? —La voz de Nicteel sube unos tonos más de lo normal.

—He tenido que aprender a seguir el rastro durante mucho tiempo. Ha sido duro, pero ha merecido la pena. Y, sorpresa para mí, os he encontrado a los dos.

Me repito una y otra vez que tiene que ser una visión, que ese no es su lugar. No puede ser él, lo mate. Entro en bucle.

«No puedes ser tú, te maté».

—¿Vosotros os conocéis? —Nicteel pregunta confundida.

—Trabajamos juntos un periodo corto de tiempo —Tarkovsky sonríe—. Digamos que somos... viejos compañeros.

La sonrisa de Satanás no infunde tanto miedo como la suya al pronunciar aquellas palabras. Lo aborrezco, me lanzaría de nuevo a su cara, pero he de mantener la calma. Al menos hasta que comience el espectáculo.

—No vamos a tener mucho tiempo para hablar. Te espero ahí arriba —Tarkovsky abre la boca y de ella asoma un aguijón, un pico de calamar gigante.

«En efecto, esa misma noche el vampiro más bizarro será invicto».

—Tarkovsky fué tu amor de niñez, ¿verdad?

—¿Amor? ¿Se puede llamar amor cuando se tiene tan corta edad? Me ayudó en unos momentos agrios de mi vida. Me perseguían los esbirros de la vieja y él nos ayudó a escapar. Ahora que lo veo me doy cuenta, fueron las circunstancias las que hicieron que me fijara en un chico así. Lo que no logro comprender es esa animadversión que ha demostrado por ti.

El miedo se apodera de mis palabras. Si cuento que es así por mi culpa, verá la realidad, verá la clase de maníaco que puedo llegar a ser. Sin comprender situaciones. El destino está tejiendo una tela de araña y sucumbo bajo su suave seda.

Sólo sé que Tarkovsky ha vuelto y la realidad me vuelve a abofetear.

—¿Por qué te ha dicho que te espera ahí arriba?

—A la vieja se le ha ocurrido que una lucha entre vampiros es un gran número de circo.

—¡Esa vieja bruja está loca! Ahora mismo voy a hablar con ese saco de huesos con guadaña.

—¡No! No lo hagas, está bien. Así debe ser, me lo tengo merecido.

—¿Hay que asumir que esa mujer haga y deshaga a su modo todo lo que se le antoja?

—He pedido ayuda a Van Swieten. Antes de empezar me traerá un brebaje, eso me ayudará, ya lo verás —intento en vano calmar los nervios de mi amada—. No voy a dejar que caben mi tumba.

—No sé qué pretende ese Tarkovsky. Si cree que eliminándote voy a enamorarme de él, eso significa dos cosas; no conoce a las mujeres y no me quiere, como asegura.

Tengo que parecer fuerte por mí, por mi pequeña Nicteel y por Elona. Después de poner tanto empeño en mantenerme entero, morir así no es apropiado ni cortés.

Pongo todos mis empeños en que aflore mi vampiro, el miedo lo detiene bajo una fortaleza de cobardía.

Entonces llega otra vez el momento, la hora, el crepúsculo.

Van Swieten ha venido con un brebaje nuevo, dice que es peligroso e inestable, una bomba de relojería que si estalla no habrá vuelta atrás. Seré un monstruo por dentro y por fuera, y Nicteel no podrá amarme en ese estado. Me la juego y me bebo todo el líquido. Es agrio, como beberse un vaso de bilis. Espero nervioso. No pasa nada, no me siento diferente.

—Has hecho lo que has podido. Eres una gran persona, Van Swieten.

Me dispongo a subir las escaleras del escenario. Un camino de antorchas se abre a nuestro paso, los tambores retumban en toda la selva, los pájaros alzan el vuelo. La madre Natura guarda silencio.

El sudor que emana de mi cuerpo arde en la piel.

Tarkovsky se haya al otro lado del escenario, confía totalmente en su poder.

Tiemblo de cólera. Adoptó un porte descarado.

Los tambores siguen sonando, pero ya no oigo nada. Las palpitaciones de mi corazón inundan todo. Cada vez más fuerte, más profundo. Se une al pulso de la selva.

Tarkovsky está inmóvil a un metro enfrente de mí. La barrera que nos separa es una jaula de hierro, en su interior un puma da vueltas excitado.

—¿Crees que he venido a vengarme por lo que me hiciste? —Pese a que susurra, en mis oídos resuena por encima de los tambores.

—Desde el mismo momento en que me conociste, viniste a mí, presa fácil para un abusón. La verdad es, yo... sólo defendía mi propia vida.

—Es cierto, reconozco que fuiste mi presa. Y sé que te hice daño. Lo comprendí cuando me convertiste en el engendro que soy hoy. La gente huía de mí, se encerraban en sus casas. Noches enteras pasé aullando; solo, abandonado, tirado en medio de la plaza desnudo, sin ninguna ayuda. Poco a poco tomé conciencia de lo que pasaba, me refugié en el bosque y un vampiro más viejo que el mismo tiempo me cuidó. Fue mi maestro.

—¿Y has venido hasta aquí para perdonarme?

—No, claro que no. ¿Nunca imaginaste el porqué de mis ataques a tu persona?

—Sí, por supuesto. Pensaba que la culpa era por ser el hijo de la bruja.

—No, eso me daba igual. Tu sentencia de muerte la firmaste en el primer momento que dijiste que amabas a Nicteel. Ella y su padre huían de unos indios que la perseguían porque era la elegida para lanzarla al cenote y así formar parte de un ritual milenario. Mientras bailaba en la cantina unos hombres con extrañas ropas la buscaron destrozando todo a su paso. Escondidos en la bodega les enseñé el camino entre los túneles de la aldea y consiguieron escapar. Aún puedo sentir su miedo entre mis brazos. Me produjo una felicidad que jamás había sentido. Después de esperar y creer que se encontraba en Europa tranquila y a salvo, me llegó una carta diciendo que estaba de nuevo en México capturada. ¡Y tú soñando con el amor de mi vida y con encontrarla!

—¿Y eso lo justifica todo?

—¿Y esto que soy ahora es lo que merecía?

De su boca sale un pico dentado y de debajo de su camisa emanan unas manchas de sangre. La piel se le cae a tiras. Un pelaje como el lanugo de un bebé le cubre el cuerpo y el rostro.

—Esto me ha enseñado que la vida puede ser de muchas maneras.

—Entonces, si estamos en paz, ¿qué haces aquí, metido en todo este circo?

—He venido a salvar a Nicteel otra vez y llevarla de nuevo a casa. El mismo día que me destrozaste me inoculaste tu enfermedad. Tu pandemia recorre mis venas. No me voy a ir de aquí sin ella, y la única forma de hacerlo es como lo dictan los ancestros. Como salvajes. Es lo que somos, ¿no?

De nuevo, esa sonrisa de suficiencia. Se lanza hacia mí. De un solo golpe ha desplazado la jaula hasta el proscenio del escenario, el puma ruge causando un grito entre los asistentes. La magia se ha esfumado, el tiempo de amor entre mi pequeña alevilla y yo ha terminado. Los sueños de una cabaña en el bosque, la suavidad de su piel, su pericia, su elegancia bajo mi cuerpo; eso fue ayer. Hoy, ha venido mi hora a decirme que me vaya bien.

Tarkovsky me agarra por los hombros y como si de una pluma se tratara me lanza sobre su cabeza. Caigo al suelo acompañado del sonido del crujir de mis huesos. No estoy derrotado, pero tengo miedo.

Era el rey del paraíso y me veo dominado por el rey de los infiernos.

Tumbado en el suelo recuerdo cómo comenzó todo. La primera vez que bajé a la aldea entré en la cantina guiado por la música más hipnótica que jamás había oído. Después la vi. La melancolía abandona mi cuerpo; la burbuja de felicidad ha explotado y estoy indefenso. Recuerdo la insistencia que puse para ir a trabajar a la cantina. El peso de Tarkovsky sobre mis huesos destrozados me recuerdan el dolor que sentía al no tenerla entre sus brazos, ahora yo siento su frustración al no sentir la calidez de sus besos. Mi conciencia se halla viajando por Londres, despidiéndose de Armand, yendo en barco con Van Swieten y Marianne...

Con los ojos cerrados veo cómo Tarkovsky se alza victorioso con sus gritos desgarradores. Un "te quiero" en los labios llenos de lágrimas de mi pequeña Nicteel. ¡Oh, Elona! Tengo el presentimiento de que jamás os volveré a ver. La muerte me apresa, me lleva hacia ella y no puedo hacer nada para evitarlo.

Capítulo 11

"Estoy en casa. Elona está cocinando y a su lado la pequeña Nicteel le ayuda. Hablan de los avatares del amor y de los designios del destino, juntas ríen y hacen bromas sobre el afecto que las une a mí. Mientras tanto, en el salón Lord William toca el piano, y bebe whisky escocés entonando una triste canción. Marianette y Girona cantan a coro envueltas en su aura de humo de la risa.

El humo me atrapa, me envuelve y me provoca risa, esa risa absurda y sonora".

Despierto en la habitación de Van Swieten. No hay nadie. Tumbado sobre la camilla, soy un animal al que han diseccionado y vuelto a coser. Pienso si todavía estoy vivo o muerto.

—¡Eh, eh! ¿A qué se debe esa cara larga, Castiel? Estás vivo, y tengo grandes noticias para ti. Esta noche va a venir a verte Nicteel.
—¿Es preciso, Van Swieten?
—¿Acaso no lo deseas?
—Más de lo que necesito respirar.
—Bueno, en eso no podemos estar de acuerdo.
—¿Por qué dices eso? ¿Te molesta que venga a verme?
—No me refiero a tu Nicteel, sino a respirar. Ya no respiras.
—¿Estoy muerto? ¿Es otro sueño?
—No, no se puede matar a un muerto. Así que digamos que eres algo más longevo que el resto. Lo que te di a beber no te hizo más fuerte, pero sí que te convirtió en lo que realmente eras, digo eres. Ya lo eras en tu interior.
—No me duele nada.
—Lógico. Tus músculos están firmes y tensos como una roca. Es como si tu interior fuera de mármol.
—Me siento agotado, necesito descansar.
—Claro... claro. Cada cosa a su debido tiempo.

Después de dormir varias horas, hablo con Marianne de mis nuevas aptitudes, de cómo debo cuidar este cuerpo y de cómo no necesito la sangre adulterada.

Al llegar la tarde me paseo cerca del teatro. Quiero ver que lo que pasó no fue más que una ridícula función.

Unos críos de muy pequeña estatura me miran con sus grandes ojos cristalinos.

—Señor, ¿se encuentra usted bien?
—Le echamos en falta en los espectáculos nocturnos.
—Desde que está ese otro hombre, tenemos miedo. Nos amenaza con ser su cena

sino hacemos lo que manda.

No les comprendo. Creía que eso ocurrió ayer por la noche.

—Niños, ¿desde cuándo está aquí ese otro señor? —Me siento desorientado por momentos.
—Desde hace tres semanas.
—Tiene que recuperarse, señor.
—¡Vaya! Veo que tienes fuerzas para mantenerte en pie —Los niños se marchan corriendo al oír la voz que sale de detrás de mí—. Ahora te podrás marchar.

Tarkovsky sonríe. Ahora no lo veo tan fiero, ni me infunde miedo. No tiemblo.

—Me marcho —Mi tono de voz es sereno y me produce seguridad—, pero no creas que hemos acabado. Has ganado la primera batalla, pero no ganarás la guerra. El corazón de Nicteel me pertenece a mí, no lo olvides.
—¿Todavía estás dormido?
—¿Qué dices?
—Nicteel ha cambiado de idea mientras estabas inconsciente.
—Arreglemos este asunto aquí y ahora.
—Sigues siendo un enclenque, no podrás protegerla.
—No tendré la fuerza que tienes, pero tengo más valor.
—Con valor no vencerás a la chamana, y mucho menos a mí. Ya no me interesas, tengo todo lo que era tuyo.
—No. Aún no.
—La he convencido. Sabe que fue tu culpa. ¡Tú me hiciste así! La he abrazado y me ha besado, como hace años. Le doy la seguridad que jamás tendrá contigo. Recordamos el tiempo que pasó en Bakewell, y me besó con la intensidad de un gato en celo.
—¡Te destrozaré el rostro de nuevo! ¡Escoria! —Los celos me presionan el pecho.
—Me besó. Ella me besó y me desea a mí.

Me siento mareado, creo que voy a desmayarme. A lo lejos, la vieja chamana llama a Tarkovsky.
No puedo respirar, me ahogo. Tarkovsky se da la vuelta, no sin antes burlarse de nuevo.

—La has perdido y no te has dado ni cuenta. Esperaba una lucha encarnizada y me encuentro con una babosa. Ella se merece a un hombre de verdad, no a una babosa.

Me precipito sobre él. Me siento pequeño, vacío. Él es una roca. Alza el brazo, me agarra por el cuello y me lanza al suelo sin esfuerzo. Muerdo el polvo.
Me quedo en el suelo un tiempo infinito con la boca llena de tierra.
Ir hasta la casa de Van Swieten me cuesta una eternidad, cada paso es un sufrimiento en el alma. Las palabras de Tarkovsky duelen más que los golpes.
Me doy un baño y me arreglo como puedo para mi amada Nicteel.
Abro un par de botellas de vino, me doy cuenta de que no soporto el olor, las tiro a la basura. Voy hacia la despensa a coger un poco de jamón y al tocarlo unas arcadas me provocan un vómito de bilis. Estoy asustado, pero la llegada de Nicteel me

distrae.

Preparo una mesa con unas velas y unas copas vacías.

La espero sentado, tranquilo.

Las doce, y mi pequeña Nicteel no aparece.

Vomito de nuevo, me revuelco en mi propia bilis. Estoy solo y mi cuerpo sucumbe al sueño. La hora de la guadaña se acerca, me besa.

Soy lo que nunca quise ser.

Un muerto, un maldito condenado.

Ya no soy un Dhampiro, ahora soy algo más siniestro.

Y el amor de mi vida sigue sin venir.

Capítulo 12

Han pasado ya los tres meses desde que oí a la vieja en la selva, y el día de la muerte de Nicteel ha llegado.

—Hoy es la noche indicada. Si somos astutos podremos salvar a tu pequeña amada de las garras de la muerte y ganar la batalla a Tarkovsky —me susurra Van Swieten.

Nos vestimos con trajes de exploradores, algo ridículos pero eficaces para la ocasión. Los tres formamos una extraña tribu; una dama, un viejo científico y un vampiro.

Avanzamos por la maleza con miedo y la duda de si saldremos vivos de ésta. El amor no es tan fácil de mantener como de encontrar. Mi pequeña Nicteel me ofrece un amor sin pedir nada a cambio, por mucho que ella también necesite abrazos y palabras de consuelo y dulzura. Intento ser magnánimo y ofrecerle todo lo que soy, pero lo que soy es un enfermo debilucho. Quizás Tarkovsky tenga razón, no merezco una mujer como mi pequeña alevilla. Pero el amor no te elige por lo que tienes o lo que eres, si no que te encuentra con los ojos cerrados.

La rescataré y le demostraré que la merezco. Que somos los elegidos de Cupido.

Llegamos al cenote temprano, mis pensamientos evitan que el tiempo sea un yugo bajo nuestras cabezas.

Alrededor del cenote da la sensación de que se han reunido todos los indios del mundo; Tarkovsky se halla en primera fila. Está cubierto con un manto de plumas igual que el de la vieja chamana.

Los tambores comienzan a sonar al mismo tiempo que el humo de incienso perfuma el ambiente.

Mi pequeña Nicteel entra en escena acompañada de dos indios gigantes como tótem. Baila con intensidad, con una sensualidad hipnótica. Se diría que el sonido de los tambores la tienen hechizada. Su cuerpo se cubre de un aura de colores; rojos, amarillos y naranjas. Está bella, es un ángel. Aun así se siente la tensión. El exorcismo va a ser duro, difícil.

La vieja chamana alza los brazos e invita a dos indígenas a que despojen a mi pequeña amada de sus ropas y abalorios, le dan a beber de una copa y se dirige hacia el borde del cenote.

Me precipito a ayudarla, pero unos indios me tapan el paso con antorchas llameantes. Algunos de los presentes gritan. Nadie la ayuda, sólo observan. Nicteel se encuentra ya en el borde del precipicio, a punto de lanzarse al vacío. La busco con la mirada y gritó su nombre, pero no me reconoce. Tarkovsky se precipita hacia ella en el mismo momento en que los pies de mi pequeña Nicteel despegan del suelo.

Con sus piernas ágiles y sus fuertes brazos avanza eficazmente entre la multitud de indios que intentan detenerlo. Gana terreno y en pocos segundos la tiene entre sus brazos. No puedo dejarla en esos brazos. El rostro de Nicteel se crispa. Despierta, se ha herido. Desearía tener el poder de retroceder en el tiempo y evitar todo lo sucedido. Trepo entre cabezas, hombros y piernas.

«Ya estoy cerca mi vida. Te voy a atrapar».

Está dolorida. No quiero que sufra. Los indios se apresuran, unos corren, huyen. Los que se atreven luchan contra Marianne y Van Swieten. Tengo que llegar a Tarkovsky. Impediré que flechas y hachas les alcancen. Esta vez seré yo quien les salve, y así me salvaré yo en sus brazos. Grito a las profundidades de mis fuerzas y aún así no consigo adelantarlo. Tarkovsky se adelanta, sus fuertes brazos la llevan sobrevolando la maleza. Ante mis ojos todo transcurre a cámara lenta. He dejado que los sueños venzan a la realidad. El cuerpo de Tarkovsky se transforma mientras avanza, la lleva envuelta en sus brazos, y yo no dejo de admirar a mi bella Nicteel incluso sin conocimiento, es preciosa. Ambos desaparecen entre la maleza, me detengo, grito y tiemblo. ¡Madre Elona, envíame la fuerza de la que carezco!

Tengo que encontrarlos. Me concentro, cierro los ojos y cuento diez segundos. Los abro y veo el rastro nítido. Mi alma toma conciencia de lo que soy. No me detengo. Decido ser yo, monstruoso yo. Corro por la selva y encuentro a Nicteel recostada sobre un tronco caído. Su rostro está ligeramente amoratado y gotas de sangre siembran su cuerpo. Tarkovsky, echado sobre ella, se dispone a lamer su sangre, a morderla y devorarla. Me acerco hasta ellos. Tarkovsky no se sorprende al verme, sin embargo Nicteel parece confusa.

—¿Qué te ha pasado? —dice al verme el cuerpo arañado por las ramas y alguna flecha despistada. Quiere acariciarme, en cambio, esquivo su mano. El cansancio domina la situación. Mi gesto se endurece. Tarkovsky estrecha su pecho contra el pequeño cuerpo de Nicteel intentando protegerla. ¿De quién la protege? ¿De mí?

Nicteel le dice a Tarkovsky que se aparte, él se aleja con una elegancia londinense.

El modo en el que la corteja me irrita.

—¿Te ha mordido?

—¿Qué dices?

—¿Lo ha hecho, te has dejado morder?

—¡Estas loco!

—¿Y... le has besado?

—¿Crees que es el momento de hacer esas preguntas? Me ha salvado la vida. Es suficiente para merecerse un beso. Y aún así, no. No le he besado.

—Lo sé, lo he vivido. Estaba detrás de vosotros todo el tiempo. Pero él me dijo que tú... y, él...

—¿Crees que te voy a abandonar así, sin más? ¿Esa es tu forma de confiar en mí? ¿Así es como me quieres?

El dolor y el miedo forman en mi cabeza un tornado de emociones confusas, lejos de la realidad. Pronuncio palabras dolorosas. Palabras que me juré no pronunciar jamás. Hubiera dado gustoso la vida si en ese momento Nicteel me hubiera arrancado la lengua. Estoy rompiendo la felicidad que tanto me ha costado conseguir. Perforo nuestros sueños a base de frases punzantes.

Tarkovsky regresa. Está de pie detrás de Nicteel, quieto, y observa detenidamente sus gestos. Es un perro de presa esperando la orden de su guía.

—Tranquilo, Tarko. Todo está bien.

Sus pupilas brillan, su nariz oriunda se enrojece. Su boca emana efluvios de ira y dolor.

He roto su corazón y no sé dar marcha atrás en el tiempo. Debo arreglarlo y rápido. Poner las cosas en orden.

—Te quiero, pero lo que hago sale al revés porque soy un perturbado de nacimiento. Me han prohibido enamorarme, entre otras cosas por el monstruo que yace en mi interior. Podría devorar a cualquiera que se acercase a ti, e incluso a ti misma si me dejo dominar por el hambre o la sed. Y sin embargo heme aquí tras de ti, poniendo todo en peligro sólo para saborear un poco más de ese amor que me ofreces, que es más fuerte que cualquier pócima o brebaje que pueda hacer Elona o Van Swieten.

Busco entre mis bolsillos y una a una me tomo todas las botellas de sangre que he cogido del laboratorio de Van Swieten. Aunque son experimentales ahora no puedo razonar.

—Lo he hecho todo mal, y es porque nunca me han hablado del amor. Quiero que me digas qué debo hacer, cuál debe ser mi postura.

La sangre de Van Swieten no me sienta bien, tengo ganas de vomitar. Mi visión es borrosa. Sangro por los oídos, por las fosas nasales, el cerebro me quema.
Nicteel grita, pero no sé qué es lo que dice.
—¡Basta! ¡Déjalo ya! ¡Te he dicho que basta!

Me vuelvo pequeño. Caigo al suelo, sangrando como un cerdo en día de matanza. Así mismo dejé a Tarkovsky el día que le ataqué. Es terriblemente doloroso. Me he envenenado con mi propio antídoto. Sombras negras van y vienen a mi alrededor. A lo lejos, Nicteel grita de terror, y ese sonido me aterroriza más que cualquier otra cosa. Cada vez más lejos, cada vez más débil. Se hace de noche. Por momentos la oscuridad, con su manto de ébano, lo cubre todo.

Capítulo 13

—¡Despierta! ¡No te abandones! ¡Despierta!

Van Swieten me grita y me agita sujetándome por los hombros.
Todos mis sueños se han desvanecido. Elona me previno de este absurdo sentimiento llamado amor. Ella me mantuvo a salvo durante dieciséis años y yo, en solo tres años, he destrozado todo por lo que ella ha luchado.
Estoy aletargado, soy un muerto andante, me he convertido en un zombie. Y no culpo de nada a mi pequeña amada.
Duermo, sueño con mi casa, mi cuarto, mi cama, los brebajes y el sabor a hierro y hierbas aromáticas de la sangre de Elona. Duermo, sueño con la luna. Duermo y deseo no volver a despertar.
Despierto sin poder evitar que mis ojos se abran entre sábanas blancas cubiertas

en sangre.

Van Swieten está muy preocupado por mí, pasa horas en su laboratorio. Horas y horas buscando una cura, un tratamiento, una terapia que me devuelva parte de mi vida.

Busca algo que funcione matando el veneno del amor. No quiero volver a enamorarme jamás, y si vuelvo a verla, que ni siquiera mis recuerdos la reconozcan.

Van Swieten percibe mi locura, sabe cómo tratarla. Si ese fuera mi problema la vida hubiera sido mucho más sencilla.

Me tumbo en la camilla de disecciones. Ya estoy acostumbrado a esta posición y a esta camilla.

—Relájate, descansa -Marianne intenta qué me relaje.

No consigo relajarme.

—Seguro que encontramos una solución. Tu cuerpo es, digamos, un lienzo en blanco. La sangre te mantiene en pie. Ahora tus órganos son pasas secas. Si te hago algún trasplante, quizá vuelvas a funcionar como un humano.

—Estoy harto de tener que "arreglarme" cada vez que sucumbo ante la vida. Quiero ser inmortal, un vampiro sin sentimientos, un esbirro de Xibalbá.

—Lo único que necesitas es distancia y tiempo, mucho tiempo —La dulce voz de Marianne siempre consigue calmar mi cuerpo.

Van Swieten parte hacia el cementerio en busca de un muerto reciente.

—No hagas ninguna tontería mientras estoy fuera, Marianne va a buscar sangre de cero negativo. Descansa y duerme un rato.

Vuelvo a mi soledad.

Miro a mi alrededor. Una jarra de sangre llama mi atención desde el otro lado de la habitación, estiro el brazo y lo único que consigo es caerme al suelo. Pasan horas hasta que regresa Van Swieten. El espectáculo es ridículo, con gran esfuerzo me coloca de nuevo en la camilla.

—¿Algún día podrás perdonarme?
—No digas bobadas. No hay nada que perdonar. Cuando el amor toma las riendas de nuestra vida, todo es válido.
—Gracias…
—¿Estás seguro de lo que vamos hacer?
—Seguro.
—¿De veras?
—Nunca he estado tan seguro.
—Ya no serás como antes.
—Eso es lo que necesito, no sentir nada, no recordar nada.
—Sin amor no serás nada. Un espectro, nada más.
—Así debe ser. Mi condena la he forjado con mis actos.
—Si así lo deseas, manos a la obra. ¿No quieres esperar para despedirte de Marianne?
—No. Ella es capaz de convencerme con sus grandes ojos y su melosa voz.
—Está bien, vamos allá.

Después de esas palabras no recuerdo nada más, salvo cansancio en los párpados y un cosquilleo en la columna.

Capítulo 14

Despierto descansado, como si hubiera dormido durante años. Miro a mi alrededor la habitación. Está muy cambiada, extraña, como si fuera otra diferente.

En la mesa que se encuentra al otro lado de la habitación, en una bandeja, yace un corazón. A su lado dos pulmones, rodeados por un largo intestino como si se tratara de un macabro centro de mesa.

No puedo describir lo que produce ver órganos humanos a tu lado pensando que pueden ser los tuyos. Soy un fantasma en pijama, un pijama ridículo. De mis brazos y piernas salen unos tubos transparentes por donde corretea mi sangre nueva.

Miro mi torso cosido desde la garganta hasta el ombligo. Y desde el costado derecho al costado izquierdo, por debajo de las axilas, el color de la cicatriz es rosado.

«¿Cuánto tiempo he estado dormido, para haber cicatrizado?».

Inclinado hacia delante, a mis piernas les cuesta reaccionar a mis órdenes. Me levanto tambaleante, me sujeto en la pared para continuar mi recorrido. Llamo a gritos a Van Swieten y no contesta nadie. Entro en su cuarto. Está vacío, su cama libre de sábanas y mantas. Me asusto. No encuentro sus útiles personales.

Busco el cuarto de Marianne al abrir la puerta respiro al ver que siguen todas sus cosas en su sitio.

Un grito me sobresalta. Tras de mí, Marianne cae al suelo desmayada.

La llevó arrastrando hasta la cama y la poso sobre ella con gran esfuerzo. La golpeo contra la pared torpemente un par de veces. Espero exhausto a su lado a que despierte.

—¡Pero qué alegría, has despertado! ¡Estás despierto! —Está realmente emocionada al despertar.

—La alegría es mutua, Marianne. ¿Dónde está Van Swieten?

—Tengo muchas cosas que contarte. Ven, acompáñame a la cocina. Necesito un café.

—Sí, claro. ¿Y yo, necesito algo?

—¡Oh, cariño! No te preocupes por eso, no necesitas comer, beber, ni dormir más. Sólo una única cosa; de vez en cuando tu cuerpo te pedirá sangre humana, sangre fresca y sana.

Sentados frente a dos tazas de café, una de ellas vacía, me habla de todo lo pasado mientras dormía.

—¿Dónde está Van Swieten?

—Se fue hace tres años. Yo me quedé para velar por ti. Sabía que algún día te ibas a despertar...

—¡Tres años! ¿Pero cuánto tiempo he dormido?

—Llevas cinco años en coma. Puede parecer una eternidad, pero para alguien que no debe temer más el paso del tiempo, no es nada.

—¿Y qué ha pasado con Van Swieten?

—Los avances médicos de Van Swieten han sido tan insignes que han llegado a oídos de la reina de Inglaterra, y todo en parte ha sido gracias a ti.

—¿Y tú, por qué no te fuiste con él?

—No me necesitaba. Y en cambio tú, frágil, sin nadie que se ocupará de ti... Decidí quedarme y ser útil.

—Te doy la libertad. No he hecho más que provocar problemas desde el mismo momento en que fui escupido de las entrañas de mi madre.

De pronto mi forma de ver el mundo había cambiado. No sentía remordimientos ni dolor, no sentía odio ni amor. Pero yace algo en el fondo de mi memoria que me perturba, un rostro de mujer. Tengo que encontrarla y demostrarme a mí mismo que no siento amor por ella. Aun así, los rescoldos de su recuerdo queman en mi pecho como brasas ardientes.

Marianne ha seguido hablando. Ensimismado en mis pensamientos no he escuchado nada de lo que decía. Asiento con gestos para no molestarla.

—...y así, cuando todo esto hubiera terminado nos marcharíamos de nuevo. Regresaríamos contigo a Londres y conocería a Madame Elona, y le pediría que me enseñase todo lo que sabe.

—Por supuesto, Marianne. Pero ahora debo salir a buscar algo antes de hacerte daño. Mi garganta araña como un gato enjaulado.

—Tengo una reserva de sangre ahí, en el frigorífico. No necesitas salir si no estás en condiciones o no te apetece. Acabas de despertar, debes reponer fuerzas.

—No, no. Estoy bien. Quiero salir. Cuanto antes comience a cazar, las fuerzas volverán a mí y antes podremos volver a casa.

—Así es. Pero debes saber que tienes que estar atento a las secuelas que puedas tener. No se vuelve del más allá incólume.

—De acuerdo, tendré cuidado. Ahora debo ir, no sé cuánto más podré aguantar sin devorarte.

—El cementerio está cerca. Al sur, vadeando el río.

—Gracias.

Salgo de la casa apenas ha anochecido. Voy camino del cementerio. Mi paso es lánguido, avanzo lento. El aire fresco de la noche entra en mis pulmones, que queman como acero candente en mi pecho.

Cuando llego al cementerio lo primero que busco es una tumba que tenga la tierra removida. Me cuesta encontrarla. A lo lejos, la silueta de una mujer arrodillada sosteniendo en sus brazos un ramo de flores tan frágiles como ella, llama poderosamente mi atención. Me escondo tras un panteón. La observo detenidamente, posee un aura que resplandece incluso en la oscuridad más absoluta. Decido no beber de ella. No lo entiendo, pero esa silueta me cautiva y me siento imantado, atraído por una fuerza eléctrica. No, magnética. Una fuerza invisible me obliga a espiarla. Cuando se marcha, regreso a casa de Marianne sediento, agotado y doloroso.

A la noche siguiente vuelvo a esconderme en el mismo lugar y espero a que vuelva a aparecer esa silueta que me cautiva. De nuevo, la silueta de mujer me atrae, estoy hechizado por ese contorno sensual.

Poco a poco me hago asiduo a mi pequeña cita nocturna.

Marianne me convence de que me acerque a esa mujer y la conozca. Parece muy interesada en que la conozca y decido hacerle caso.

Esa misma noche me acerco a ella como por casualidad.

Entre nosotros surge una complicidad que me hace sentir seguro.

Ella me cuenta que todas las noches vela la tumba del amor de su vida. Cree que algún día volverá a por ella y, que aunque se haya casado con un hombre que la ama, no es a él a quién su corazón anhela.

Poseo nuevos reflejos, pero el dolor que me ha perseguido durante años merma mi don.

Llevo cuatro lunas encontrándome por casualidad a la misteriosa mujer.

Ella no está asustada de mi apariencia. Los años en coma, las operaciones y mi actitud de vampiro han transformado mi cuerpo. Ahora mi musculatura es más tersa, la mandíbula más ruda y, aunque mi piel tiene un color violáceo, a ella no parece importarle. Creo que sabe qué es lo que soy, y no dice nada para no perder esta clandestinidad que tenemos. Y personalmente, a mí me ocurre lo mismo. Me llama el fantasma que ronda lánguido su corazón. Esta noche está más triste que de costumbre, y me susurra que un día como hoy, hace muchos años, conoció a aquél que ocupa por entero su corazón.

—Me recuerdas a un hombre al que amé.
—¿Eso significa que ya no lo amas?
—¿De qué sirve amar a un muerto?
—¿Y si fuera un fantasma?
—¿Cómo usted?
—Imagínese.
—Si la bruja que intentó matarme me lo devolviera, sería capaz de perdonarla, pero no lo hará. Desde que mi marido me rescató de sus garras y me arrancó de los brazos de la muerte, está refugiada en un tugurio. Vive gracias a las limosnas que le dan los turistas a cambio de leerles el futuro.

De pronto, de los rescoldos de mi mente surgen imágenes de las profundidades, como un barco naufragado.

—¿Y si hubiera resucitado?
—Estaríamos juntos, no estaría escondido.

No puedo hablar… Sé que no soy el mismo. Es más, no sé lo que siento.

Tengo que averiguar qué es lo que guarda mi nuevo corazón antes de ofrecérselo.

Marianne me aconseja que no me demore, que cuente toda la verdad, que sea sincero y le deje claro que ella es la mujer por la que crucé el mundo y por la que morí dos veces.

—Tienes razón. Siempre tienes las palabras adecuadas y la sensatez de tu lado.
—Sí, lo sé. Y ahora que ya estás recuperado, tengo que decirte que me voy con Van Swieten. He recibido noticias suyas y deseo volver a su lado.
—¡Oh! Nunca pensé que tú y Van Swieten…
—El amor surgió en la distancia. Al estar separados, ambos sentimos que lo que nos unía no era la física, sino la atracción.
—¡Cómo me alegro! Siempre he sabido que estáis hechos el uno para el otro.
—Gracias por tu comprensión.
—¿Y cuándo te vas?

—Me marcho mañana.

—Te echaré de menos.

—Y yo a ti, mi pequeño vampiro. Has sido como un hermano para mí.

—Gracias por cuidarme. Te he dado tantos problemas...

—Mirado de otro modo, sin ti Van Swieten nunca hubiera sido reconocido como el mejor médico científico del mundo, y el amor entre nosotros no se sabe si hubiera surgido. Siempre te llevaremos en el corazón. Te mereces más que nadie en este mundo ser feliz.

Y tras un largo y cálido abrazo, se marchó a su habitación. Creí que no sentiría nada pero mi pecho se encogió al verla marchándose con paso ágil, elegante y una sonrisa serena.

Estoy decidido. Esta misma noche le diré a mi extraña mujer quién soy, y con algo de suerte querrá amarme lejos de aquí y de su marido. Aquél a quien no ama. Y que tanto daño nos hizo en el pasado.

El camino hasta el cementerio se convierte en el corredor de la muerte. Me topo con el marido de mi extraña mujer. No me reconoce. Lo miro a los ojos, desafiante. No sabe quién soy. Me da por muerto, como el resto de los mortales. No tengo miedo. Hoy su vida va a derrumbarse y no tengo lástima por las migajas que puedan quedar de él.

¡Ahí está mi extraña mujer, tan hermosa!

—Tengo algo que decirte... Te amo desde aquel día en que me llamaste extraterrestre en un pequeño pueblo londinense. Desde que años después nos robaran la vida y mi torpeza arruinara el amor más puro que se ha podido vivir.

Su apuro es palpable. Tiembla como un pajarito en mitad de la lluvia. Me escruta con esos ojos negros. No habla. Sus labios susurran algo ininteligible. Tras esos primeros momentos se serena.

—He venido aquí durante años, día tras día. Robo flores de otras tumbas porque no tengo dinero para comprarlas. He llorado durante días enteros, durante años he caminado por la vida como un alma en pena. Y ahora resurges de entre las cenizas y pretendes, ¿qué? ¿Qué es lo que pretendes?

—Que lo abandones todo y vuelvas a Bakewell conmigo.

—¡Estás loco! No lo dices en serio ¿verdad?

—Completamente.

—¿Y qué pasa con mi marido? No puedo dejarlo así, se moriría de pena.

—Él no te ama como yo. Fue cruel.

—Él me ha cuidado y protegido. Me salvó la vida.

—Estaba allí.

—Y te perdí, yo cause tu muerte. Por mi culpa te suicidaste.

—No fue tu culpa.

—Esta es la última vez que lloro por ti.

Y allí plantado como fantasma que soy me encuentro viendo por última vez a la mujer de mi vida.

Su paso es ágil. Desaparece acompañada por la niebla nocturna. Siento de verdad que ya no volveré a ver sus profundos ojos rasgados.

Capítulo 15

El camino de regreso a casa es apresurado. Mi mente se halla vacía de pensamientos. Ya no existe Armand, ni Van Swieten, ni siquiera una bella Marianne que cuide y proteja este cuerpo decrépito.

Desde mi marcha de la parada de los monstruos no he probado una gota de sangre, y al embarcar no he cogido pasaje. Me he escondido entre la carga para no asustar a la gente con mi aspecto, que no es precisamente la de un héroe. Más bien se parece a la de una alimaña.

La travesía en el barco se ha vuelto imprevisible, y es debido a un gran cargamento de animales salvajes que han sido arrebatados de su hábitat para terminar enjaulados en un zoológico europeo para el resto de sus vidas. Mecido por las olas del mar y bañado en sangre de chimpancés, mi mente revive con dolor los últimos momentos vividos con mi amada Nicteel. No puedo soportar saber que es feliz con otro que no soy yo, y mucho menos con Tarkovsky, que no la ama. Porque lo que él siente no se puede llamar amor.

Llevo tanto tiempo sin saber nada de Elona y los demás que siento miedo. Estoy tan nervioso que en lugar de regresar al hogar se diría que es la primera vez que voy a casa de Elona.

«Como si el tiempo hubiera hecho olvidarse a todos de mi existencia».

Camino desde Londres sobre mis propias huellas hasta mi pueblo natal.

Mi cuerpo se debate entre escalofríos de miedo y euforia al divisar la gran mansión.

«¡Ya llego, Madre! ¡Ya estoy de nuevo aquí y le prometo que no me volveré a ir nunca».

Avanzo tan rápido como mis cansadas piernas me lo permiten. El viento helado lame mi cuerpo, quiere retenerme, y siento que el destino me tiene preparada una desagradable sorpresa.

Me detengo por unos segundos en el umbral de la puerta. Parece que el tiempo se ha detenido. La casa está totalmente en silencio. Abro lentamente la puerta y doy un paso adelante. Llamo a Elona pero nadie responde. Espero unos segundos, nada. Vocifero el nombre de Lord William, pero tampoco obtengo ninguna respuesta. Miro a mi alrededor. La casa está cubierta por un gran manto de polvo. Subo a mi habitación y sobre la almohada reposan tres folios amarillentos, rígidos y rugosos como el pellejo de una vaca. En la primera hoja solamente hay escrito "Para Castiel". Me tumbo en la cama y comienzo a leer las líneas irregulares que dejó escritas la mano trémula de William.

"A Castiel:
Te escribo estas letras con la esperanza de que algún día puedas leerlas y encontrar una razón a tanto dolor e infortunio. Las palabras que a continuación vas a leer son tan crudas que tengo que pedirte que seas fuerte y puedas llegar al final de la misma.
Todo ocurrió a partir de aquel fatídico día en el que supuestamente mataste a Tarkovsky. No puedo negar que se lo tenía merecido y que sólo él fue culpable de lo sucedido. Elona, las chicas y yo mismo siempre te defendimos, y al cabo de unos

meses la policía dejó de molestar con sus preguntas. La tragedia llegó con la primavera. El cuatro de mayo Tarkovsky regresó de ultratumba para vengar su muerte. Y aunque Elona hizo todo lo posible para que no entrara en la casa, Tarkovsky logró entrar con la ayuda de Girona, que no tuvo la más mínima oportunidad. Girona estaba aterrada y le dejó pasar el umbral. Después de matarla vino en busca de Elona. Me enfrenté con todas mis fuerzas pero fue inútil; Tarkovsky tenía una fuerza sobrehumana, me partió las piernas de un golpe contra la pared, quedé inconsciente, y al despertar la visión que se me mostraba era peor que una pesadilla. Había despertado en el infierno y no pude hacer nada por evitarlo. Al despertar no podía mover medio cuerpo, así que me arrastre en dirección a los charcos de sangre que se hallaban dispuestos en hilera hasta el recibidor. Al llegar a la altura de la puerta de entrada, unas gotas de sangre salpicaron mi cabeza, y al alzar la vista no podía creer lo que mis ojos veían. Elona y Marianette colgaban del techo ahorcadas con sus propios intestinos. El horror era tal que me desmayé. Ya no recuerdo nada más, tan sólo el ruido de mi corazón rompiéndose en mil pedazos.

Te escribo esta carta antes de salir camino hacia el asilo de Arkham. Siento mucho que nuestra historia acabe aquí.

Cuida de tu alma.

P.D.: Elona nunca se olvidó de ti.

Lord William".

Estoy paralizado. No puedo creerme que haya destrozado tantas vidas. He pasado mi vida luchando para ser humano y no un monstruo y no ha servido de nada. Abatido sobre la cama, cierro los ojos y dejo que pasen las horas, los días, los años… Sin nada que beber mi cuerpo va resquebrajándose, mis párpados están cubiertos por una capa blanca y mis dientes están tan débiles que han comenzado a caerse. Hileras de sangre resbalan de mis labios hasta la almohada. Poco a poco me transformo en una estatua de piedra. La escasa sangre que corría por mis venas se halla desparramada por las sábanas y el suelo de la habitación.

Un cuerpo vacío descansa en la casa de Elona para toda la eternidad.

Una carta empapada en sangre yace sobre la pequeña mesilla de noche con el nombre de Nicteel.

Epílogo

Bakewell. Diez años después.

Un murmullo proveniente del primer piso en la mansión de la señora Elona se intensifica.

La luna observa detenidamente a través de los cristales. Las ramas de los árboles arañan la fachada y las ventanas, acompañadas por el viento producen una canción escabrosa. El murmullo se transforma en una canción hipnótica y repetitiva.

—¡Oh tú, dios del disco lunar, que irradias en las soledades nocturnas!
»¡Mira!

»¡Entre los habitantes del Cielo que te rodean, yo también te acompaño!
»Yo penetro a mi capricho ora en la Región de los Muertos; yo difunto, ora en la de los Vivos sobre la Tierra, a todas partes donde me conduce mi deseo.

El cielo se ha incendiado y rayos caen fugaces sobre la mansión. Las puertas al inframundo se abren.

Súbitamente, el silencio.
Una sombra oscura con un aura brillante a su alrededor se posa en un cuerpo momificado que yace sobre la cama de la difunta Señora Elona.
El torso y la cabeza parecen humanos, las extremidades son largas, lánguidas. De su boca sobresalen unos dientes como de una sierra. Tiene aspecto de Dhampiro, con un toque de Casanova.
El aullido del viento acompaña los movimientos del ser que ha vuelto del inframundo. Una danza lenta, exótica, se apodera de la casa.

El cuerpo ha tomado forma y vida, se levanta con dificultad, se aproxima a un cuerpo de mujer con pasos pausados. Debe sufrir terribles dolores a cada movimiento. Desde sus huesos, un crujido; de su boca, un chirrido.
Los cuerpos se funden en un abrazo que resulta infinito.

De pronto parece que el cuerpo de porte lánguido va a devorar a la pequeña hechicera que le ha devuelto a la vida.

Una voz de ultratumba se pronuncia.

—He conocido el amor, el odio, el desamor y la muerte. De hecho, me arrancaron el corazón varias veces. Sin embargo, sigo viviendo... ¿Por qué me devuelves a la vida, Nicteel, después de abandonarme? ¿Quieres hacerme sufrir de nuevo?
—Mi dulce Castiel, perdóname por todo el dolor que te he causado. Pero creí que me debía a aquél que era bueno para mí. Estaba equivocada, vivía al igual que lo hace un ciego y sordo. Una noche, Tarkovsky perdió los nervios ante mi desidia tras tu marcha, me mordió, y medio moribunda busqué a Yum Kimil y le pedí que me convirtiera en lo que soy hoy. Volví en busca de Tarkovsky, tuvimos una gran pelea y me contó toda la verdad. No puedo creer todo lo que has sufrido, todo lo que has pasado.
—Si has venido a buscarme, todo lo demás ya no me importa. A partir de ahora todo lo que voy a ser, todo lo que haga y las consecuencias que generen mis actos será para castigo o para beneficio mío. A partir de ahora tú seras mi guía.

Printed in Poland
by Amazon Fulfillment
Poland Sp. z o.o., Wrocław